AF569817

DE QUOI AIMER VIVRE

Femme de lettres franco-sénégalaise, Fatou Diome est l'autrice de plusieurs romans dont *Le Ventre de l'Atlantique*, grand succès traduit dans plus de vingt langues, *Kétala*, *Celles qui attendent* ou encore *Impossible de grandir*. Elle a remporté le Prix littéraire des Rotary Clubs de langue française en 2019 pour son roman *Les Veilleurs de Sangomar*, et son essai *Marianne face aux faussaires* a reçu le prix « Fetkann ! Maryse Condé » de la Mémoire en 2022. De livre en livre, elle transforme notre regard sur l'Afrique et sur le monde.

Paru au Livre de Poche :

LES VEILLEURS DE SANGOMAR

LE VENTRE DE L'ATLANTIQUE

FATOU DIOME

De quoi aimer vivre

Nouvelles

ALBIN MICHEL

ISBN : 978-2-253-10672-2 – 1re publication LGF

Djoundjoung !

À mon Vieux Pêcheur et à son élégante Dame

Ce qui manque le plus aux orphelins, me disiez-vous,
Ne tient ni dans une banque ni dans un grenier.
Et, vos bras remplissaient les canyons.

Pour vous, toujours, je tape le djoundjoung.
Merci de m'avoir donné de quoi aimer vivre.

Djoundjoung !

Une fenêtre pour les anges

I – Présence

Au même étage, la même silhouette, à l'aurore comme au crépuscule. Pour se poster si assidûment à sa fenêtre, cet homme, s'il n'était pas préposé au décompte des automobiles empruntant l'avenue, que guettait-il ? Scrutant le ciel depuis son perchoir, que réclamait-il au Seigneur ?

On le croisait, claudiquant seul. Sauf que son teint l'estampillait caucasien, on ignorait tout de ses origines. Cependant, son langage attestait une bonne éducation. Au restaurant, il avait les goûts de ceux qui se régalent sans redouter la note. Pour agir ainsi, du premier au dernier jour du mois, de quoi vivait-il ? Qui était-il ?

Sans boule de cristal, les bavards le disaient issu d'une famille nantie de la région. Peut-être une ascendance de viticulteurs, soufflaient certains. Il est vrai que la terre alsacienne est bénie des dieux. Gris ou noir, le pinot s'y ramifie, irriguant des fortunes endémiques. Sur les rives rhénanes, en fin de soirée, les touristes voient les péniches voguer sur le gewurztraminer et, gourmets, ils vous certifieront que même les truites nagent dans le riesling ! Flânant dans les coquettes et proprettes rues de Strasbourg, le visiteur pourrait donc croire que sainte Odile ne voit aucun de ses protégés enguenillé ou le ventre creux, si la cathédrale ne trahissait les millénaires suppliques des enfants d'Ève. Étant donné que notre homme s'habillait décemment et se payait sa gamelle bien garnie, les causants imaginaient son berceau drapé de soie. En vérité, ce n'était là que pures conjectures. Sachant qu'il ne travaillait pas, les Sherlock locaux déduisaient sa classe sociale de l'adresse de son logis et de son soi-disant train de vie. Un train de vie pourtant dénué d'extravagance ; son seul luxe, c'était d'user du restaurant du coin comme de sa cantine. Les racontars à son propos, il ne confirmait ni n'infirmait. Dévorant maladroitement sa pizza ou son ossobuco parmi des clients plus guindés, il savourait une considération que sa supposée appartenance lui conférait. Maldonne, c'est parfois meilleure donne ! Et, le destin commettant des erreurs pires que celles humaines, pourquoi cet homme rectifierait-il la rumeur, pour une fois que le sort l'avantageait ? Déjeuner, dîner, on le trouvait au restaurant et, souvent, on l'y laissait. Après le repas, il n'était jamais pressé de partir. Rallongeant tout brin de conversation, il lambinait, lanternait, jusqu'à la fermeture. Tout le monde l'appelait Andy ; est-ce parce que son caractère semblait aussi facile que son prénom ? Même les enfants ne lui donnaient pas du monsieur. À tous, il répondait avec le sourire.

Andy s'adressait aux gens comme on caresse les grands brûlés. Quelque chose dans sa voix, comme une note suspendue, s'étirait anormalement et retombait tout en douceur. Comme son regard, son ton semblait toujours chercher à vous consoler d'on ne savait quoi. Ses bises et ses mots, s'il les distribuait généreusement, il ne les risquait qu'une fois rassuré par un franc sourire en réponse au sien. Et Andy souriait comme on agite un drapeau blanc à la lisière d'une frontière inconnue. De son visage, il n'émanait pas qu'une lumière invitant au dialogue, il s'en dégageait également une troublante paix, cette paix désespérée propre à ceux qui ont fini d'accepter leur destin, ceux qui n'ont d'autre choix que de se résigner à l'impossibilité d'alléger le fardeau qui leur écrase les épaules. Chargé sans miséricorde par le Maître de la balance, Andy boitait lourdement. L'une de ses jambes, raide et atrophiée, le martyrisait. On reconnaissait sa silhouette de loin : non seulement Andy tanguait tel cocotier sous tempête, mais il se tordait, s'arquait régulièrement sur sa gauche et peinait ensuite à redresser la tête. S'il est vrai que le Seigneur l'avait fait à son image, il devait être bourré ce jour-là. Même rester immobile ne valait pas répit pour Andy, ses nerfs lui jouaient des tours, quelle que soit la position. D'irrépressibles mouvements secouaient son corps, contrariaient le moindre de ses gestes et le mettaient mal à l'aise. Bien sûr, il n'avait rien à prouver à personne, cependant, comme tout être civilisé, il savait que la bonne conduite en société commence par le maintien. Malheureusement, plus il s'efforçait de discipliner son corps, plus ses nerfs se rebellaient. Soumis à ce supplice incessant, comment parvenait-il à prendre part aux conversations ? Bien qu'il accusât le coup après le tacle de chaque tic, Andy tenait tête au sort et gardait sa place parmi les vivants. Aucun doute, sur le tatami de la vie, quelque chose en lui le rendait plus valide que tant d'autres qui marchaient en athlètes et couraient comme cabris, fuyant leur quotidien. Andy assumait le sien, il traînait la croix de sa poliomyélite, vaillamment, silencieusement. Il n'avait pas le gabarit d'un lutteur ni l'équilibre d'un danseur, mais le bitume l'avait toujours vu avancer, tenir, pas à pas, le tempo de son existence. À l'instar de la couleur de ses jeans, les saisons passaient, pas sa bonne humeur. D'où tenait-il pareil tempérament ? Andy se disait chrétien ; les épaules lestées, le Christ souriait-Il ? Car c'est par le sourire qu'Andy signait sa présence. Alors que son fardeau aurait aplati une mule, comment se débrouillait-il pour danser la valse des jours sans broncher ? Le voyant claudiquer, osciller, manœuvrer sa jambe récalcitrante et clopiner encore, vous plaindre d'un rhume vous semblait soudain indécent.

Aussi chaleureux qu'observateur, Andy saluait tout le monde mais ne sautait jamais dans la vie des autres comme dans une piscine. C'est que prudence vaut élégance, même lorsque les voisins semblent gentils. Quand Andy vous croisait, ses coups d'œil se faisaient d'abord furtifs avant de s'attarder, autant rieurs qu'interrogateurs. Ce regard à l'innocence quasi enfantine, c'était sa façon de sonder l'humeur du jour. Qui ne cherche pas courage avant d'oser franchir la barrière mentale qui nous sépare les uns des autres ? Imaginez donc, lorsque l'on ne peut ni courir ni sauter, encore moins boxer sur de fermes appuis ! La vulnérabilité, ce n'est pas une vue de l'esprit, quand c'est le corps qui vous assène sa vérité. Écoutant le sien, Andy percevait nettement un veto à toute hardiesse. Aussi gardait-il une grande politesse, cette retenue naturelle propre aux personnes qui craignent d'encombrer les autres en général, mais a fortiori ceux qui les dédaignent. Perspicace, Andy usait de sa gentillesse comme d'un parachute. Il boitait seul, sillonnait le quartier, se rendait aux cafés où il avait ses habitudes. Vigilant, il promenait son ombre sur le monde, ne s'approchant que de ceux qui lui accordaient l'autorisation tacite d'entrer dans leur bulle. Cette bulle, autant mentale que spatiale, qui laisse tant de mouches esseulées dehors. Admis, Andy s'efforçait de discipliner ce corps indocile, qui se désolidarisait de sa tête et contrecarrait sa délicatesse. « Oups, désolé, je vous en offre un autre ! » s'excusait-il, lorsqu'il lui arrivait de renverser malencontreusement un verre. « Oh, non, ne t'en fais pas, ce n'est rien », lui répondait-on promptement. Car, si les gens lui payaient quelquefois à boire, beaucoup rechignaient à accepter le même geste de sa part. Si ostensiblement généreux avec lui, ils semblaient ignorer que le laisser leur offrir parfois une tournée aurait été, mieux que de la gentillesse, du vrai respect. Mais, toujours, ils déclinaient sa proposition, sûrs de bien faire, alors même qu'ils le blessaient. Ce que la nature ôte à l'apparence physique amoindrit-il l'orgueil d'un homme ? Andy tenait la réponse, mais sa pudeur n'en pipait mot.

Parfois, vexé, mais l'émotion toujours discrète, il sauvait la face ; faisant mine d'avoir reconnu une connaissance, il s'éloignait d'une tablée pour en rejoindre une autre. Sans vous quitter des yeux, il s'avançait difficilement, égrenant des compliments. Des compliments qu'il voulait aussi taquins que coquins, alors que son indomptable timidité trahissait son peu de familiarité avec les dentelles. Était-ce le viril duvet, à peine visible sur son visage, qui commandait son attitude ou bien mimait-il ainsi le personnage séduisant dans la peau duquel il aurait aimé vivre ? Hélas, le ciel se fiche pas mal des vœux des pauvres mortels ! Andy ne le savait que trop, alors, il parodiait les siens. Aussi timide qu'un oiseau blessé, il jouait au mâle conquérant prêt à culbuter toutes les cocottes de la ville. Complices ou accommodants, ses spectateurs riaient de bon cœur en le traitant de tombeur invétéré. Mais, soudain, tous riaient moins fort, lorsqu'il terminait son petit numéro par une féroce autodérision. C'est que, même joviale, la lucidité raidit les lèvres, brise les dents ou jaunit le sourire. Andy était doux mais pas dupe. Même à travers les bulles d'un verre de bière, il voyait la cathédrale de Strasbourg à l'endroit. Si les femmes qu'il encensait l'aimaient bien, aucune d'elles ne le regardait comme un potentiel partenaire. Il avait remarqué que certaines esquivaient ses grosses bises trop mouillées, tandis que d'autres les acceptaient ou, plutôt, les enduraient avec une bienveillance qu'elles n'auraient jamais eue à l'égard d'aucun autre homme. Être exceptionnel fait du bien à l'ego, mais faire exception n'est pas toujours flatteur. La marge est rarement confortable, surtout lorsqu'on a l'œil assez acéré pour circonscrire le gouffre à ses pieds. Andy s'accrochait. Dans l'onctueuse bienveillance de ces dames, il y avait quelque chose de dissous qui restait néanmoins assez perceptible pour heurter la sensibilité. Andy n'était pas de marbre, pourtant, au lieu de prendre la mouche, il poursuivait malicieusement son numéro. Sa mine candide retournait la condescendance contre celles qui la lui destinaient. Les bras en cerceau, il leur claquait ses humides bises, abusait de leur patience et s'en amusait. Quel cœur de pierre lui aurait fait le moindre reproche ? Au poker menteur social, chacun use des cartes dont il dispose. Bécotant, ventousant ces charmantes dames, Andy ne faisait que prendre au Seigneur le peu de douceur qu'Il voulait bien lui accorder. La trentaine presque révolue, il avait acquis une certitude : les femmes ne simulent pas qu'au lit. Les joues qu'on lui offrait à contrecœur, il les embrassait, parce qu'il n'y poussait nulle épine, l'hypocrisie étant une écharde qui pique de l'intérieur. Andy gardait ses lèvres intactes, c'est son cœur qui se lézardait en silence. Personne n'entend le bruit, quand le mât du moral s'écroule. Qu'importe, en langue des signes, le sourire est une voilure déployée, même par mauvais temps. Andy gardait le cap.

— Bonjour, madame Unetelle ! Comment allez-vous ? Salut, ma chérie, comme tu es belle aujourd'hui, allez, embrasse-moi ! Hum, comme tu sens bon ! Eh ben, ma chérie, quel joli décolleté, j'y poserais bien ma tête, moi ! Dis, j'aimerais t'offrir une nuisette, mais je voudrais aussi voir si elle te va bien. Bon, madame Unetelle, au revoir, bonne journée. Ah, ma chérie, toi aussi, tu pars déjà ? Pas avant de m'avoir embrassé, attends. Ben oui, encore ! Ça me donnera de jolis rêves et, peut-être, à toi aussi ! Qui sait ? Allez, à bientôt !

Que ses baisers ne fissent fantasmer que lui-même, il ne le savait que trop et cela rendait ses plaisanteries bouleversantes. Son ironie enjouée signifiait : la vie fait ce qu'il lui plaît, moi, je lui prends ce que je peux ! Et, goulûment, il prenait la douceur des joues lisses et poudrées qu'on lui tendait, sachant bien qu'il n'aurait jamais le loisir de promener ses mains sur les courbes qu'il devinait sous les robes. Quand on le tançait gentiment, lui reprochant d'être collant ou d'avoir les mains un peu baladeuses, il souriait, victorieux, prétextant son problème de nerfs :

— Je n'y suis pour rien, moi, désolé ! Mes mains glissent dans tous les sens, eh oui, elles sont irrévérencieuses contre mon gré !

Quand toute l'assistance riait, son visage rayonnait de cette joie qu'éprouvent les enfants savourant leur bonbon supplémentaire, après avoir fait plier l'autorité parentale. Personne ne s'offusquait ni des boutades d'Andy ni de sa façon de tourner toute occasion tactile en pitrerie. Contrairement à ce que sous-entendaient ses propos graveleux, ses accolades, bien qu'appuyées, n'en restaient pas moins chastes. Certes, il remuait, provoquait, mais il était loin de la perversité d'un libidineux détournant tout frôlement. Gentleman, il se délectait de sa gouaille et de l'attention qu'on lui portait, tout en gardant l'œil pudique. Andy ne prenait rien à personne contre son gré. Peut-être se disait-il, stoïque, que ces miettes de tendresse butinées sur l'une ou l'autre joue de la gent féminine, de temps en temps, valaient mieux qu'une pénurie absolue. Toute effervescence autour de lui n'était que joie contagieuse. Nul ne sait par quel mystère, mais, en réalité, c'est lui qui soignait ceux qui le plaignaient. Plaisantin, grivois, il dédramatisait tout et suscitait l'hilarité de l'assistance avec ses révérences théâtrales. S'il n'offrait pas de verre, Andy était lui-même le don, parce qu'il possédait le rare talent de faire de sa présence une fête pour les autres. Les moins attentifs voyaient en lui un simple, un sans-souci, un boute-en-train. Pourtant, cette façon qu'il avait d'adopter expressément la livrée ne manquait pas de quoi vous interroger. Il faut de l'intelligence pour jouer au fou. S'adonnant à ce jeu, l'esprit se doit d'être assez habile pour escamoter une part de sa vérité, souvent la plus pénible. Hélas, cacher n'est pas soustraire. L'apparente gaieté d'Andy n'ôtait rien au poids de son cœur. Parfois, parler lui coûtait, sa voix traînait, démentant ses mots et ses yeux rieurs. Combien sombres devaient être les profondeurs qui le contraignaient à tant lutter pour garder la légèreté de flotter sur les jours ?

L'euphorie feinte est une mauvaise tenue d'apparat, elle finit toujours par s'effilocher et laisser transparaître les fêlures qu'on s'échine à couvrir. L'enchantement qu'affichait Andy était trop fulgurant pour résister à la monotonie des jours. Aussi éblouissant qu'une torche traversant l'obscurité, son sourire ne pouvait que guider le regard. Quelles ténèbres chassait-il avec tant d'acharnement, à moins qu'il n'éclairât astucieusement son visage afin de détourner ses interlocuteurs de l'essentiel ? Car, au détour de toute blague, là, dans un recoin de son être, tout humain garde pudiquement son blues, hors de portée des curieux. Loin d'échapper à cette règle, Andy la confirmait malgré lui. Même lorsqu'il était tout entier à ses facéties, son sourire conservait un léger rictus qui vous pinçait le cœur. Un jour, n'y tenant plus, je profitai d'un moment d'accalmie pour lui demander si tout allait bien. Instantanément, le vigile en lui fit un salto avant pour me barrer la route.

— Oui, aussi bien que possible ! Regarde, ne suis-je pas frais comme un gardon ? Et toi, ma chérie, comment ça va ? Je me suis demandé où tu étais passée. Ces derniers temps, tu es restée invisible. Tu as encore voyagé sans moi, ce n'est pas sympa ! Bon, c'était bien au moins ? Allez, raconte-moi !

Et *ippon* ! Au jeu de vérité face à Andy, même Sigmund Freud se serait pris *waza-ari awazate ippon*. À la course, Andy aurait été battu même par un escargot persillé, mais son esprit cavalait assez vite pour vous dribbler entre deux battements de cils. Tenter de le prendre sur le terrain de la confidence ? Il vous glissait des mains telle une anguille et vous entraînait vers une tout autre thématique.

— Alors, ma chérie, insista-t-il, où étais-tu cette fois ?

— J'avais pris quelques jours de…

— Vacances, oui, mais où ? Allez, raconte-moi !

La langue encore saturée de jus de bissap, je revenais du Sénégal et, puisqu'il le souhaitait, j'avais de quoi colorier en mauve les blancs qu'il me laissait entre ses points d'interrogation. Cependant, la pudeur me couvrant les dessous aussi bien qu'à lui, il devrait se contenter des déjà trop célèbres baobabs, des cocotiers, ces fidèles sentinelles veillant sur les îles du Saloum, et des paillettes d'or que le soleil couchant déversait encore sur les sablonneuses plages au fond de mes pupilles.

— Là-bas, dans ton pays, comment c'était ? Allez, s'il te plaît, raconte ! intima Andy en confesseur laïque.

Je m'exécutai. À l'étranger, le voyageur voguant toujours entre flux et reflux de la mémoire, est-il besoin de supplier l'Atlantique d'irriguer l'un de ses bras de mer ? Croyant avoir commandé la marée haute, Andy souriait. Alors, afin de lui confirmer son pouvoir, je fis un blabla, à faire déferler les vagues de Sangomar jusqu'au lit du Rhin.

Comme il semblait attendre plus, je lui bourrai les oreilles du couscous de mil niodiorois et des inégalables grillades de poisson des rives du Saloum. Bien que n'ayant pas l'inoubliable voix de Yandé Codou Sène, je lui mimai les polyphonies sérères et même les fanfaronnants *bakous*, chants de défi des intrépides athlètes qui paradent dans l'arène, les soirs de lutte.

— Et chez toi, quelles sont les règles du combat ? m'interrompit Andy. Sont-elles les mêmes que pour la lutte gréco-romaine ?

— À peu de chose près. Partout, le vaincu a les genoux à terre ou les pattes en l'air ! Et même si la roublardise est jugée déshonorante par les fiers, c'est souvent elle qui sauve l'honneur des toquards dans l'arène. Qu'importe la technique du gagnant, un K.O. se voit à la tête du perdant. Mais il faut l'étoffe d'un champion pour se relever les jours de défaite…

Après chacune de ses questions, Andy ajustait son assise et, à moins que ce ne fût l'un de ses nombreux tics, il m'encourageait à poursuivre d'un léger coup de menton. Ma langue fouettait les minutes comme les pagaies niominkas battent le dos de l'atlantique monstre. Blabla et bla, puis points de suspension, parce que nul ne peut finir de relater sa Terre-Mater. Peut-être en fis-je des tonnes en essayant, mais mon interrogateur pouvait-il me blâmer de djoundjounguer mon berceau à coups de labiales ? Qui ignore d'où vous venez ignore qui vous êtes. Conscients de cette évidence, les étrangers se font un devoir de répondre aux questions des natifs, malgré l'inévitable blues que leur cause une virée dans la mémoire. La nostalgie assaisonnant les souvenirs, j'espérais garder aux miens une teneur à faire aimer ma lointaine terre natale à Andy, autant que j'apprécie la sienne. Et, si l'expression de son visage n'enfumait pas une pauvre dinde, ma carte postale ne lui avait pas déplu. Bien que son œil gourmand n'écoutât point l'exégèse biblique de Paul Claudel, il semblait guetter une divine révélation dans la banalité de ce récit de vacances.

Ayant longuement satisfait à sa curiosité, je marquai une pause, songeuse. Et lui ? Qu'en était-il de ses vacances à lui ? Que le dentiste s'éternise à vous scruter les quenottes sans laisser entrevoir les siennes, cela se conçoit aisément. Par contre, cet Andy sans blouse blanche, des mains duquel un stéthoscope aurait pris son indépendance ou pendouillé en pendule de sourcier ; pourquoi me zoomait-il la glotte sans dévoiler la sienne ? À m'ankyloser la mâchoire avec la prolixe courtoisie que ses incessantes questions exigeaient de moi ; qu'attendait-il pour, lui aussi, se mettre à table ? Allait-il, enfin, mâcher, tester la consistance de l'air qu'il me faisait avaler à grandes louchées ? Dire qu'on le prenait pour un impotent, alors qu'il vous tenait en croix sur le gril ! Si économe de ses mots, il se délectait de chaque octave d'autrui tel un drogué sniffant sa came. Cependant, sans ivresse ni fièvre, pourquoi gigotait-il si frénétiquement ? Bien qu'asymétrique, son derrière ne se promenait pas sur roulettes et la chaise du restaurant n'en avait pas, pourtant, il bougeait, trépignait, tanguait à filer le tournis à la tour Eiffel. D'ailleurs, sa pirouette ayant fait un tour d'horloge, n'était-il pas temps de lui sonner les cloches ?

— Eh bien, Andy, au lieu de remuer sous mes yeux telle une platée de porridge un soir de tremblement de terre, dis-moi : où et comment as-tu passé l'été ?

— Ici ! Et, c'était très bien ! s'était-il empressé de borner. Dis, ma chérie, sais-tu que je fais un excellent porridge ? Je te donnerai ma recette, c'est la meilleure ; j'ajoute des amandes, des fraises, framboises et myrtilles, selon la saison, mais aussi des graines de…

Avec une telle graine de filou, il fallait ajouter de la cassonnade pour faire passer l'arrière-goût du dernier café de cette soirée-là. Concernant ses vacances, Andy avait donné sa langue au chat de la serveuse ; un chat qui posait, modèle captif du smartphone de sa propriétaire, qui n'avait pas d'autre mâle à admirer à demeure. Sans avoir reçu de commande, la serveuse apporta des cannelés. Nous les gobâmes pendant qu'Andy détaillait encore sa recette, qui n'intéressait que lui. Riant, s'exclamant, il bataillait vainement pour nous rendre la frustration comestible. Qu'importe la gentillesse du ton, il est des réponses qui dégonflent les voiles et freinent même les tankers. Le marquis de Vauban pouvait dormir en paix, Andy l'avait battu dans l'art de la digue. À défaut de franchir la sienne, je n'avais pourtant pas regretté d'avoir obéi à ses douces injonctions.

Étanchant sa soif d'Afrique, je n'avais fait que tromper la mienne. Ce fut de bon cœur que je m'efforçai de lui faire sentir la brise iodée qui chante dans le feuillage des cocotiers de Niodior, ainsi que la caresse du soleil en bout de course, irisant les innombrables bras de mer du Saloum. Là-bas, dans les entrelacs du bolong, les crabes se cassent peut-être les pattes, mais ils gardent leurs secrets dans un confortable silence. Andy aurait aimé jouir d'une telle paix ; il risquait l'épilepsie pour briser une croûte de pain mais n'avouait rien de ses peines. Dieu ou diable, à qui se confiait-il ? Sur ses genoux rabougris, endoloris, des malabars aux compétences olympiques pleuraient leur rhume. Il écoutait, puis les cajolait d'une offrande de bons mots. Pour ainsi souffrir riant, à quoi s'auto-anesthésiait Andy ? Jouant sa Shéhérazade sahélienne jusqu'à minuit, je ne dorlotais pas cet opossum ; son attitude m'étant leçon, j'essayais de calmer ce monstre toujours aux trousses des semelles de vent, la nostalgie avec ses dents acérées. Ayant si bien pirouetté, Andy pouvait garder l'illusion d'avoir mené la danse, il n'en était rien. Ses entrechats n'avaient fait que nous porter sur les rives du Saloum, où le lasso de la mémoire m'attire sans trêve. Toujours est-il que la conversation reste un tango et nous n'avons pas tous la même souplesse ; inutile d'accélérer la cadence quand l'autre marque le pas. Qu'importe ce qu'Andy cachait sous le pied, ça ne l'empêchait pas de se tenir debout à sa façon. Il était donc permis d'admettre que tout allât bien comme il le proclamait ou, du moins, de ne pas s'inquiéter pour lui outre mesure. Entre deux gorgées de café, il sembla surgir d'un songe et m'interpella avec cette remarque :

— Eh, ma chérie, ton séjour au pays, quelques jours, dis-tu ? Mais non, pas du tout ! Tu es bien partie trois semaines ! Je sais les dates exactes.

— N'importe quoi ! pouffai-je. Nous ne nous étions pas encore croisés depuis mon retour, comment pourrais-tu connaître la date ?

— Tu es rentrée il y a pile dix jours ! D'ailleurs, entre-temps, tu t'es encore absentée, au moins à deux reprises…

— Dis donc, comment le sais-tu ? Et, quelle espèce d'espion tu nous fais là ?

Pendant que je m'étonnais, fronçant les sourcils, il riait à gorge déployée. D'où tenait-il ces informations si précises me concernant ? À ma connaissance, Andy n'était pas employé de la DGSE ni de la DGSI. Il n'avait pas non plus d'accointances avec le KGB ni avec le FBI. Alors, sans jouer au perdreau, j'essayai de deviner ses sources. Ce ne pouvait être le bouche-à-oreille, aucune des personnes susceptibles d'être au courant de mes allées et venues ne connaissait Andy ni ne fréquentait ce restaurant où lui s'enlisait quotidiennement. Ne restait donc que sa fenêtre ! Ce perchoir, cette tour de garde, depuis laquelle il observait la circulation, prenait le pouls de l'avenue. Avant de plonger en piqué, de suivre les clignotants, son regard inquisiteur devait s'attarder sur la façade des immeubles, moins ennuyeuse que l'enfilade de voitures qui déprimait même le bitume. Sa liberté aussi limitée que ses capacités motrices, Andy jetait son regard comme le pêcheur envoie sa ligne loin de sa barque. Juché à la proue de son immeuble, quelles carpes attrapait-il à la loupe ?

Ajoutant de la lumière aux habitations, les architectes ont réduit la discrétion. Siècle de la transparence, la grosse pêche bleue qui attend d'avides dents sous les néons d'une rue d'Amsterdam, c'est une paire de fesses de péripatéticienne. Faut-il toujours que l'on gâche les fruits bios ? Quand on vend à l'étalage, il est vrai que la vitrine est commode. Mais ce siècle de la transparence, quel tourment pour qui entend soustraire ses primeurs à l'exposition ! Quoi que l'on fasse, l'intimité s'élime, s'effile, fuite, et pas seulement à travers les écrans tactiles. Sans passer par la cheminée, elle s'échappe de l'appartement aussi facilement que s'exfiltrent les effluves du dîner et les volutes de fumée des bûches qui consument l'hiver. Carrelage ou parquet, poutres en bois ou piliers de fer, on bétonne, cloue comme on peut, ça ne change rien à la fragile protection de la vie privée. Qu'importent le rythme et les pas de velours de sa vie, on évolue sur scène, souvent bien malgré soi. Carré blanc ou pas, derrière les fenêtres et les baies vitrées, les voisins profitent gratuitement du spectacle. Plus l'époque confond transparence et voyeurisme, plus la pudeur est jugée louche et plus la cohabitation tend à l'obscénité. Vite, des stores sur les vitres, une viande à l'air n'attire que les chacals ! Faut-il se couvrir laïquement ou se découvrir spirituellement ?

Depuis mon aménagement, quand je m'affairais au salon ou dans la cuisine, j'avais l'étrange impression d'être observée, mais, dès que j'essayais d'en avoir le cœur net, la silhouette que je devinais à la fenêtre d'en face s'effaçait. Nouvelle dans le quartier, n'y comptant pas encore foule d'amis et n'ayant aucune certitude quant à l'identité du voyeur, j'avais longtemps préféré taire mes soupçons, d'autant plus que je les jugeais laids. Après tout, il pouvait s'agir d'un invité indélicat. Le ridicule tue, lorsque l'on accuse à tort ; la patience peut vous éviter de mourir de honte, me disais-je. Hélas, le temps passa, renforçant mes impressions : un visiteur n'aurait pu se livrer à pareil manège avec tant de régularité. Les yeux de hibou qui transperçaient mes vitres au crépuscule résidaient bien in situ. Si la discrète lune avait eu à témoigner, elle eût dit que depuis mon installation, le soir venant, épier mes faits et gestes était devenu la distraction favorite de mon voisin d'en face. Mais qui était-ce donc, le sale vicelard, parmi les messieurs de cet immeuble propret ? Impassible, le Seigneur attendait-Il le Jugement dernier pour pointer du doigt Sa malfaisante créature ? *Astaghfiroullah*, me repentir ? Non, aucune repentance, je n'ai pas blasphémé ! Et si le Maître du châtiment devait me rôtir en enfer, il lui faudrait d'abord alimenter Son feu avec la carcasse du maudit voyeur.

Les jours se pourchassaient, collant des yeux aux vitres, laissant à chacun ses araignées au plafond. Les convenances apposant leur muselière, je gardai l'attitude appropriée avec tous les voisins. Parfois, je croisais Andy dans la rue et presque toutes les fois où je me rendais au restaurant du coin. Au début, nous échangions seulement quelques civilités. Ensuite, nos salutations s'allongèrent à proportion qu'elles s'étoffaient. Ainsi avions-nous déjà bien sympathisé, lorsque ses déclarations à propos de mes absences vinrent confirmer mes soupçons et mirent fin, par la même occasion, à ma prudente recherche de l'espion. C'était donc lui ! Depuis son nid d'aigle, il avait exactement le mien en ligne de mire ! Andy s'était dénoncé avec un naturel déconcertant :

— Ben oui, ma chérie ! À quoi bon mentir ? Oui, le soir, je te regarde, parce que c'est marrant ! Tiens, l'autre jour par exemple, je t'ai encore vue danser dans ton salon, ça m'a bien fait plaisir. Eh ben, quelle pêche ! Dis, tu dansais seule, t'as pas de cavalier ou quoi ? Je suis dispo, moi…

— Mais, n'as-tu pas honte ? Va pour une valse lente sur tes demi-guiboles ! As-tu déjà vu des salsifis se trémousser ? Et puis, à force de t'affaler pire qu'un ivrogne, tes dents exécutent le boogie-woogie mieux que les dames qui ont vu Woodstock.

— Dimanche au confessionnal, ma chérie ! Tu te moques d'un handicapé, c'est péché ! Et pour ta gouverne, je danse comme un dieu ! Il suffit de bouger, non ? Eh ben moi, je bouge tout le temps, même sans musique.

— Ça, pour bouger, tu bouges ! Tes doigts pourraient tamiser le Sahara !

— Il y a tellement de choses à tamiser, ma chérie ! Mais, dis, tu as peur de finir ton dessert ou quoi ? Remarque, tu as raison de faire gaffe aux portions ! Si tu veux que je t'invite à danser un rock acrobatique, avec de jolis portés à la *Dirty Dancing*, n'attrape surtout pas les rondeurs d'une ballerine de Botero.

— Quel gougnafier, celui-là ! On t'a dit que Patrick Swayze bringuebalait comme une brouette cassée ? Lui pouvait rouler des mécaniques, alors que toi, tu roules à peine du gigot ! Tu n'assures qu'au patatrasboum ! À force d'embrasser inconsidérément le béton, tu épuises ton dentiste. Avec un patient tel que toi, il finira plâtrier.

— Hoplà, finis donc ton café gourmand, au lieu de médire de l'œuvre de Dieu ! Ce n'est pas bien de te moquer des brouettes. Tu sais, ma chérie, j'arrête de bouger quand je te regarde danser pour moi.

— Oui, dans ton film ! Puisque tu te dis croyant, il faut croire que l'Artiste qui t'a créé est marionnettiste. Et puis, arrête de me donner du *ma chérie* !

— Tu viens de pécher encore, ma chérie, le Ciel t'entend ! Et si je disais à tout le quartier que tu te moques d'un pauvre handicapé ?

— Je connais un hibou qui cache ses méfaits au jour ! Tu n'es handicapé que quand ça t'arrange. Tu as assez de jambes pour faire la sentinelle nocturne, à me prendre pour une carpe koï en aquarium. Espèce de voyeur !

— Ah non, ma chérie, pas de gros mots ! Disons plutôt ange gardien ; hein, c'est quand même mieux, non ? Le hasard a bien voulu te placer sous ma garde ! Mais, dis-moi, quand dors-tu ? Même lorsque je me réveille tard dans la nuit, c'est toujours allumé chez toi... Que fais-tu ?

— Ça ne te regarde pas !

— Je sais bien, ma chérie, mais moi, je regarde. Alors, ma chérie, que fais-tu la nuit, au lieu de dormir ?

— Arrête de m'appeler *ma chérie*, je ne suis pas Chéri Samba ! Ça suffit cette préemption de ma personne ; dois-je te le dire en lingala ? Je te préviens, si tu n'arrêtes pas ton occupation malsaine on m'entendra jusqu'à Kinshasa ! Et, si tu veux tout savoir, la nuit, je harponne les monstres tapis dans le noir à coups de plume, et je me taille un vaisseau spatial qui m'envole loin des enquiquineurs…

— D'accord, je veux bien me reconnaître enquiquineur, mais j'espère que tu ne me comptes pas parmi les monstres. Bon, ma chérie, c'est déjà l'heure du marchand de sable, il est temps de ranger les brouettes.

— Ou de les sortir ? taquinai-je, alors que nous échangions des bises. Bonne nuit, Andy !

— Elle le sera, ma chérie, Jésus veille sur nous ! Et toi, n'oublie pas, il faut aussi dormir. Sinon, nous ne vieillirons pas ensemble, lança-t-il dans un éclat de rire.

Le lendemain soir, dès que je l'aperçus, posté à la fenêtre, les yeux rivés sur ma cuisine, j'eus le réflexe d'éteindre la lumière pendant quelques minutes. À ma surprise, il en fit autant. Quand nous épions le voyeur, il voit son double en nous. Les regards croisés sont miroirs réfléchissants ! Lorsque je rallumai, Andy fit de même, puis m'adressa un grand signe de la main, que je lui rendis par réflexe. Si je ne pouvais l'entendre, je devinais son rire espiègle. Seulement, perplexe, je n'étais pas trop d'humeur à m'esclaffer. Irritée par cet œil intrusif, mon imagination courait dans les fourrés, échafaudant les scénarios les plus glauques. Pour quelle raison cet homme m'observait-il ? Était-ce un cerf bramant ? Que n'allât-il à l'affût d'une biche au zoo de Vincennes ? Seigneur, outre la danse, qu'avait-il vu à mon insu ? Saisie par une gêne rétrospective, j'avais honte, sans savoir de quoi. Plus j'analysais la situation, plus mon malaise grandissait. Soudain, une peur d'animal traqué me gela les jambes.

Andy n'avait pourtant rien de Dracula, ses pieds le portaient à peine et ses mains tergiversaient avant d'agripper tout objet. Rien que porter un verre à sa bouche lui demandait la concentration d'un tireur d'élite. Lui qui avait déjà tant de mal à attaquer une gambas dans son assiette, avec quelle force s'en prendrait-il à une voisine ? Non, même faute de pain, Andy n'aurait pas étouffé un merle. Nul doute, cette peur qui m'envahissait, elle montait du fond des âges, précisément des catacombes remplies par l'imagination des conteurs, cette incomparable tueuse en série. Non, quoi que fît Andy, ses gestes peu assurés ne menaçaient que sa propre intégrité physique.

Mais tout de même ! Comment exempter un voyeur de reproches ? À part les exhibitionnistes, seules les vaches se prélassent en se moquant d'être scrutées. Espèce de petit coquin, tu verras, murmurai-je, je serai vache à ma façon ! Bientôt, ton œil fureteur devra détecter les chauves-souris dans le feuillage des platanes, au lieu de zyeuter chez moi !

Le surlendemain, dans la rue, alors que je me pressais d'aller faire des courses, une voix enjouée m'interpella :

— Hé, salut, ma chérie ! Où files-tu comme ça ? Une minute…

C'était Andy. Arborant son sourire demi-lune, il vacillait, hâtait péniblement le pas vers moi. Le visage plus sérieux qu'à l'accoutumée, je le regardais de biais, lui signifiant ainsi que je n'étais pas d'humeur à recevoir des ventouses de mollusque sur les joues. Alors que je l'attendais, la bouche pleine de piques, il lança, le plus naturellement du monde :

— Avant de t'en aller, laisse-moi te faire une grosse bise, ça embellira ma journée ! Moi aussi, je suis en retard, il est déjà midi dix. Tant pis, ce n'est que pour le déjeuner, je peux quand même prendre le temps de saluer ma chérie...

Au moment où il s'apprêtait à joindre le geste à la parole, je reculai d'un pas et, les yeux plongés dans les siens, je rouspétai :

— Hey, dis-moi, je n'ai pas rêvé ? Hier soir, c'était encore toi à la fenêtre ! Encore à me reluquer sans vergogne ?

— Et alors, il n'y a pas de mal à veiller sur sa voisine ! titilla-t-il.

Voyant mon regard prêt à décocher une flèche, qu'il imagina mortelle pour un éléphant, il fit mine d'ajuster le col de sa chemise, rentra une tête de tortue entre ses épaules, puis, adoptant un ton diplomatique, poursuivit :

— Allons, ma chérie, ne le prends pas mal. Il n'y a pas de quoi fouetter un chat.

— Pourquoi fouetter un chat, quand certains humains méritent le martinet et disposent d'un plus vaste derrière pour le recevoir ?

— Allons, ma chérie, ne fais pas la tête. Je regarde chez toi, parce que j'aime bien savoir quand tu es là, ça me fait de la compagnie. Tes fenêtres sans lumière, oh, que je n'aime pas ça ! Je dois l'avouer, je m'ennuie un peu quand tu pars en voyage. Alors, normal, je sais toujours combien de temps tu t'es absentée...

Normal ? J'ignore si ce que j'entendais l'était vraiment, mais, pendant qu'Andy discourait, mes reproches avaient fondu dans ma bouche, telle une pincée de sel. Chaque jour est un plat unique, heureusement, l'amertume vire parfois goût de miel. Au restaurant, le chef se hâtait, en pure perte, sa tarte Tatin ne serait pas aussi appétissante que le papotage d'Andy. Tout autour de nous, la ville s'activait, monnayait ses heures, Andy changeait sans cesse d'appui, poursuivait. Au moindre mouvement, ses jambes se tordaient, menaçant de s'effondrer. Quant à sa tête, elle oscillait, à telle enseigne qu'essayer de capter son regard vous causait un strabisme. Andy pendulait, postillonnait, s'excusait, palabrait encore.

Immobile et mutique, je n'écoutais pas seulement, je buvais ses paroles, en déduisant de quoi réchauffer l'hiver. Certes, c'est désagréable de se savoir observé, mais il y a pire : être invisible. Non seulement la franchise de l'accusé était désarmante, mais la soudaine conscience qu'à part ma serrure, Andy était l'une des rares personnes, peut-être même la seule, à se rendre compte de l'exacte durée de mes voyages acheva de me bouleverser. Sur l'Océan de la vie, où tant de barques voguent, se croisent en s'ignorant, Andy, lui, bien qu'il barrât péniblement son rafiot, se souciait de mon cap, ainsi que de la durée de mes escales ! Seigneur, qui a vu plus beau marin ?

Sur l'Océan de l'existence, jusqu'où tanguent les barques solitaires ? Là-bas, au bout de l'espoir où elles accostent, pourvu que la rive ne soit pas déserte ! Andy parlait, gentleman inconscient de sa grandeur, je pensai : Il faudrait quand même que je lui dise, un jour, combien je le vois grand, malgré ses jambes de crabe violoniste. Il ne danserait certes pas comme le Roi-Soleil, mais son cœur fraternel donne la bonne mesure pour faire danser la vie autour de lui. Pendant qu'il me taquinait, que lisait-il sur mon visage ? Par une grâce divine, je ne rougissais pas ; cela vous garde le port de tête de Makéda. Cependant, il y avait, entre mes paupières, de quoi noyer mon ex-belle-mère alsacienne. Se fiant au calme de mon écoute, Andy causait, gesticulait, dissertait de plus belle. De temps en temps, j'acquiesçais machinalement. Embarquée dans un nuage, une partie de moi nous observait et murmurait à l'oreille des anges.

Les bras de mer s'étirent, se ramifient, filent avec nous, passagers téméraires chevauchant le dos des vagues. Toujours, la vie rame de rive en rive, avec son équipage ! Avarie ou escale préméditée, à chaque port, tout rameur cherche les siens ; mais qui sont vraiment les nôtres ? À quoi les reconnaît-on ? Lance sérère gravée d'un cobra royal ou bonnet phrygien ? À quoi reconnaît-on les siens ? Arborent-ils le casque de Minerve, une corne de licorne au milieu du front, une belle crinière de lion ou traînent-ils éhontément de gros sabots d'âne ? Car certains piétinent les poussins et d'autres rugissent, dissonants à vous faire désirer la musique, même les notes d'un requiem. Andy parlait, sa voix ondulait, arrangeant une joyeuse harmonie de voisinage. Il méritait sûrement un tango, mais, dans ma boîte crânienne, les bourrasques s'amplifiaient, la houle grondait, moutonnait, brassant foule de songes ; de ces songes kafkaïens qui chassent les vilains petits canards du nid et les tuent de chagrin dans la froideur d'une terre lointaine.

En exil, une graine fait le pain, puisque la nostalgie remplit l'estomac en permanence. La question, souvent, ce n'est donc pas tant de quoi vivre, mais plutôt de quoi aimer vivre encore. En pérégrination, de quoi se réchauffent les pélicans aux réveils esseulés, si ce n'est du regard des drôles d'oiseaux qu'ils rencontrent ? Alors, imaginons-les à bout de souffle, enlisés dans une crique du vivre, au bout du monde. Que ne donneraient-ils pour l'attention d'une cigogne, même traînant des ailes de plomb ? Les blessés de l'existence sont comme les blessés de guerre, se reconnaître mutuellement leur détresse ne les guérit peut-être pas, mais ça les éloigne de l'humeur délétère qui achève les éprouvés invisibles, emmurés seuls dans leur blues.

Andy parlait, dédramatisait sa coupable distraction, je rêvassais. Qui sont vraiment les nôtres ? Tout ce que je sais, c'est que le sang ne désaltère personne, mais l'amour vient à bout de la plupart des soifs. Et puis, nous avons toute une vie pour équeuter les cerises et tester le goût des serments comme des salades ! Pour l'instant, il y avait bel et bien quelqu'un, là, devant moi. Quelqu'un qui me jugeait digne de ses bises et m'appelait *ma chérie*, ne me comptait-il pas déjà parmi les siens ? Un rayon de soleil troua les nuages, mon visage s'éclaira. Soudain, Andy me postillonna sa joie en plein visage, c'était sûrement une bénédiction :

— Eh bien, enfin un grand sourire, ma chérie, ce n'est pas trop tôt ! J'aime mieux ça ! Dis, et si tu venais déjeuner avec moi ? De toute façon, ça ne change plus rien, tu es déjà très en retard pour tes courses. Allez, ma chérie, tu n'auras qu'à filer après le repas. Non, après le dessert ; leur tarte Tatin, c'est une tuerie ! Sinon, après le café gourmand, comme tu aimes bien.

Alors, on y va ? Allez, c'est parti, de toute façon tu n'as pas le droit de faire la gueule à ton ange gardien. Et tu sais, même si je marche en faisant l'accordéon, je te défendrai contre une meute de fauves ! Ces loups dont tu parles dans tes livres, je les connais bien… Eh oui, je t'ai lue ! Et les loups n'ont qu'à bien se tenir, loin, même très loin de ma chérie, sinon, je fais un malheur… Ah oui, je te le dis, moi…

Amen, mille fois amen ! N'est-ce pas ainsi que l'on répond aux envoyés du Maître des cieux ? Seigneur, l'archange Gabriel ignore mon adresse, peut-être même qu'il est resté coincé sur Mars. Le brave Andy, lui, ne s'est pas perdu en cours de route. Alléluia et Al-hamdoulillah ! Le voilà, chassant les nuages d'un revers de main ! Caressant du regard, il clopinait à côté de moi en direction du restaurant. Plus aérien que le mien, son rire ponctuait chacune de ses plaisanteries. Tout à sa conversation, il ne se rendit pas compte du léger décalage de mes réponses ? Mes pensées couraient dans le désordre, se disputant les mètres de bitume devant nous.

Une voix suffit pour remplacer toute la solitude du monde par la joie de vivre. L'ange Gabriel peut prolonger son séjour où qu'il se trouve, pensai-je, le monde entier se moque de sa dégaine puisqu'il rechigne à se montrer ! Ici-bas, le Seigneur est avec moi ; Andy me le prouvait, il avait l'allure d'un prince humaniste et son rire valait toutes les berceuses du monde. Ne voilà-t-il pas ce que l'on appelle un frère ?

Une fenêtre pour les anges

II – Absence

Sous les ponts couverts de Strasbourg, les jours se fondaient dans l'Ill, filaient sans faire de vagues, rien n'éclaboussait la beauté des promenades. Quand tout va bien, l'esprit fait sa sieste. Mais, comme le sort guette, la routine est aussi paisible qu'un train qui fonce sereinement vers le crash.

Tout allait bien. Dans le tunnel de la quotidienneté, le planning donnait des coups de fouet, si bien qu'on ne voyait pas les mois passer. Les semaines s'enchaînaient, parfois entrecoupées de rencontres fortuites avec Andy, toujours suivies de chaleureuses conversations. Sans crier gare, l'automne avait pris ses quartiers et l'hiver menaçait, mais cela n'effrayait personne. Avec des litres de thé et de chocolat chaud, même une Sahélienne peut tenir tête à tous les frimas des bords du Rhin. Dans notre rue, les tables s'étaient repliées de la terrasse à l'intérieur de la salle du restaurant et cela ne changeait rien à l'appétit des clients. Presque toutes les fois où je m'y rendais, j'y croisais Andy, c'était sa cantine, comme il disait.

Un jour, en quittant l'établissement, nous fîmes quelques pas ensemble et je lui annonçai tout de go mon projet :

— Hey, je vais mettre des stores à mes fenêtres donnant sur l'avenue, le menuisier viendra la semaine prochaine.

— Oh, ce n'est pas sympa ça ! Eh bien, ma chérie, je ne te verrai donc plus danser ! Et comment saurai-je si tu es là ou pas ?

— Espèce de voyeur, ça te fera les pieds ! Pour le spectacle, il te faudra désormais aller au théâtre !

— Je veux bien me payer une strip-teaseuse, de temps en temps ! Mais, comment vais-je pouvoir te garder maintenant ? Hein, ma chérie ? Arrête de rire, ce n'est pas drôle. Je veille sur toi, moi ! C'est un rôle qui me tient à cœur. Non, sérieusement…

Au lieu de se vexer, Andy déclina l'information en divers sujets de plaisanterie. Même si je ne lui en voulais pas, depuis que j'étais certaine qu'il m'observait, ma pudeur exigeait davantage d'intimité.

Cependant, une fois les stores installés, je rabattais rarement celui de la cuisine. Comme d'incorrigibles enfants, nous n'avions pas tardé à nous inventer un nouveau jeu, vite devenu un rituel : nous nous adressions de grands signes le soir depuis nos fenêtres respectives, avant que je ne ferme les miennes. Étrangement, c'était plus amusant, plus chaleureux qu'auparavant, car, là, l'attention était franche et réciproque. Quelle est la place d'une silhouette dans l'harmonie d'une vie ? Quelque chose dans ce manège innocent distillait un antalgique et soulageait du poids des jours. Doucement, mais résolument, il s'installa une forme d'accoutumance contre laquelle aucun de nous n'eut la moindre envie de se défendre. Peut-être n'avions-nous même pas conscience de l'entretenir, mais, tenace, elle perdurait, sans doute du fait de sa façon presque imperceptible de prendre place dans nos vies, sans en demander aucune. La liberté dispose les meilleurs liens, ceux qui tiennent par leur nécessité intrinsèque et dont nul ne songe à se défaire.

Certains soirs, de retour de voyage et fatiguée, je me bricolais, en guise de dîner, une mixture qui aurait révolté tous les cuisiniers de France. Avant d'aller me coucher, je levais le store de la cuisine, puis finalement j'ouvrais grand la fenêtre, prétextant le besoin d'aérer la pièce. Instantanément, mon regard se mettait à courir, cherchant ses repères. Parfois, au moment où j'allais renoncer, soudain, Andy apparaissait exactement à l'embrasure de sa fenêtre et m'adressait un grand signe de la main. Je me baissais aussitôt. Après quelques secondes, je me relevais puis lui rendais son amical geste en éclatant de rire. Séparés par l'avenue, nous ne pouvions nous parler à cette distance, mais ces vis-à-vis, qui ne duraient que quelques minutes, comptaient beaucoup dans notre communication. Après un dernier signe, à la fois bonne nuit et au revoir, je refermais, sourire aux lèvres. Mon mauvais dîner déjà oublié, je filais au lit. Il allait bien. Tout allait bien. Sa silhouette faisait partie d'un tableau qui, sans elle, perdait sa perfection.

Les saisons se succédèrent. Les années jetaient des mailles entre elles, consolidant nos liens de voisinage. Ce n'était ni le sang ni des actes signés en mairie qui nous situaient l'un par rapport à l'autre, seulement quelques échanges et des moments partagés qui rendaient un visage nécessaire à la géographie du quotidien. Entrevoir l'autre, même de loin, c'était d'une certaine manière constater que les Vosges n'avaient pas changé de place, que la Forêt-Noire ne s'était pas embrasée, que l'Atlantique restait bien dans son lit et que, malgré la fonte des glaces, l'Everest n'avait pas perdu sa crête qui empêche le ciel de s'écrouler. Entrevoir l'autre, même de loin, c'était se confirmer sa propre présence au monde et la stabilité de celui-ci. On allait, venait, se croisait ou pas, mais prendre des nouvelles de l'autre faisait partie des habitudes qui rassurent. Ah, ma chérie, ça fait plaisir de te voir ! Moi aussi, on se prend un café ? Ah oui, avec plaisir ! Alors, comment vas-tu ? Blabla… Et toi, ça va ? Nous nous souciions l'un de l'autre, sans la pesanteur des attaches codifiées. C'était amical, léger, plaisant. Tout allait bien.

Quand tout va bien, on se laisse embarquer dans le train de la routine. Et, parce que les gares sont trop familières, on regarde à peine les paysages. Jalouse, la routine accapare, détourne de tant de choses. Tant que souffle la brise, on oublie les éventails comme on oublie la canicule. Et la brise souffle, cajoleuse, afin que plus personne ne se souvienne des brûlures de l'harmattan. C'est dans sa manière de faire litière de toute vigilance que la routine est dangereuse. Comme si nous ne l'avions jamais traversé, l'hiver nous surprend toujours de sa rigueur.

Un soir, affamée et pressée, je me présentai au restaurant. Je voulais un plat à emporter, afin d'aller retrouver mon cerveau coincé entre deux pages sur mon ordinateur en surchauffe. Pourvu qu'Andy ne soit pas là ce soir à me tenir la jambe, pensai-je en poussant la porte. La serveuse m'accueillit avec une mine que je ne lui connaissais pas. Perplexe, je tentai de faire bonne figure, attribuant sa tiédeur inhabituelle à la fatigue d'une longue journée, comme souvent dans la restauration. Dès que le cuisinier eut fini d'emballer ma barquette, il s'approcha, pendant que je réglais ma note au comptoir. Au lieu de me lancer ses tonitruantes salutations de loin, comme à l'accoutumée, il était venu lui-même me remettre mon paquet d'un geste lent. Mais pourquoi restait-il figé devant moi ? Comme il affichait le même masque de tristesse que la serveuse, mon attitude joviale me parut soudain déplacée. Décontenancée par l'ambiance plus qu'étrange, j'interrogeai d'un ton faussement naturel :

— Mais qu'avez-vous, aujourd'hui ? Vous faites tous une tête à marcher derrière un corbillard !

— Alors, tu n'es pas au courant ? lâcha enfin le cuisinier.

— Au courant de quoi ?

La serveuse fit le tour du comptoir et vint se poster tout près de moi. Ils se regardèrent. Regards ping-pong, en passes timides, comme si chacun suppliait l'autre de prendre l'initiative de le décharger d'un impossible aveu. Immobile, aussi angoissée qu'intriguée, j'imaginais un mystérieux serpent enroulé autour de leur langue et qui ne tarderait pas à bondir pour me paralyser de son venin. Sensible à mon inquiétude, la serveuse me passa une main sur l'épaule. Ce fut, dirait-on, le signal qu'attendait le cuisinier pour se libérer de son fardeau. Il inspira profondément, ajusta machinalement son tablier, se pencha légèrement vers le sol et chuchota presque :

— Tu sais, ton voisin, enfin, ton ami, Andy…

Il jeta un œil à la serveuse et s'arrêta, comme s'il requérait encore son autorisation. Celle-ci sembla éviter son regard, autant que le mien.

Happée par diverses activités, je ne m'étais pas rendue à ce restaurant pendant les trois ou quatre semaines précédentes. Depuis mon dernier retour de voyage, cela faisait quelques jours, personne ne m'avait alpaguée dans la rue pour me coller de grosses bises mouillées, mais, comme je n'étais pas beaucoup sortie, rien d'étonnant, m'étais-je rassurée. Andy ayant fait de ce restaurant le lieu de toutes ses veillées, j'étais certaine de l'y trouver ce soir-là. Étonnée par son absence, je me l'étais vite expliquée par mon passage un peu tardif, sinon des tas d'autres raisons possibles et toutes de nature à me tranquilliser. Mais la solennité avec laquelle le cuisinier avait prononcé son nom me fit douter. Un mauvais pressentiment me glaça le sang ; le récit au compte-gouttes de mes interlocuteurs devint intolérable.

— Mais, allez-vous enfin me dire ce qu'il se passe ? lançai-je, fébrile. Qu'est-ce qu'il a, Andy ? Est-il malade ?

— Il est mort, soupira le cuisinier.

— Mort, comment ça, mort ? Mais non, je l'ai aperçu l'autre soir, il m'a même fait signe depuis sa fenêtre, il avait l'air d'aller bien, c'était le… Euh, je ne sais plus quel jour exactement, mais c'était il n'y a pas si longtemps…

Hébétée, j'essayai de dater approximativement notre dernière entrevue. Comme le cuisinier, la serveuse acquiesça d'une voix monocorde. Puis tous deux se relayèrent, donnant moult précisions, sans doute utiles pour inscrire l'information dans un schéma intelligible, mais qui ne firent qu'aggraver ma peine. Oui, aux dates que j'indiquais, c'était bien Andy que j'avais vu. Son décès était survenu dans ces eaux-là… Devant mes yeux hagards, chacun expliqua d'une voix contrite ce qu'il avait appris. Leurs mots rivaient dans ma tête les derniers clous d'une réalité que j'aurais voulue autre. Andy et ses grands éclats de rire était parti, dans mon dos, sur la pointe des pieds. Où regardais-je ?

Rentrée avec mon plat à emporter, je le posai dans la cuisine et me postai devant la fenêtre. Ce soir-là, ma faim, finalement, réclamait plus que de la nourriture. Il faisait nuit. L'avenue était éclairée, mais, en face de moi, un rectangle obstinément noir focalisait toute mon attention. C'était la fenêtre d'Andy, les volets restaient ouverts, comme invitant la vie, mais l'obscurité aveuglait la vitre d'absence. Chaque fois que je fermais les yeux, une silhouette se dressait devant moi, m'adressant de grands signes. La nuit filait, mon recueillement se prolongeait : plus personne ne m'arrêterait dans la rue pour me coller ses bises mouillées. Cette pensée entraîna d'autres réflexions, qui bientôt m'inondèrent les yeux. Andy claudiquait, boitait méchamment d'une jambe et l'une de ses mains, atrophiée, semblait incapable de retenir la vie par le bon bout. Parfois, au cours de discussions que personne d'autre que lui n'osait initier, il lançait d'un ton léger : « Oh, vous savez, je ne suis pas handicapé, moi ! J'arrive à faire tout ce que je veux ! Même du kung-fu ! » concluait-il, agitant énergiquement sa main valide avec des grognements qui déclenchaient des fous rires. Mais, s'il était doué pour dédramatiser et couvrir les dames de compliments, il savait bien que la nature, dans son impitoyable injustice, lui interdisait beaucoup de choses, y compris le destin d'un karatéka comme d'un Casanova. En dehors des interminables causeries et des bises qu'il ne se lassait pas de quémander, qu'avait-il reçu de la gent féminine ? Accoudée à ma fenêtre, je sentis de la gêne à me poser cette question. Sa voix ne cessait de résonner dans ma tête : « Ma chérie, eh bien, quel joli décolleté ! J'y poserais bien ma tête, moi ! Hé, ma chérie, j'aimerais bien t'offrir une nuisette, mais je voudrais aussi voir si elle te va bien. Bon, ma chérie, comment ça au revoir, tu pars déjà ? Mais pas avant de m'avoir embrassé ! Allez, encore une grosse bise, ça me donnera de jolis rêves et peut-être à toi aussi d'ailleurs ! Qui sait ? Tu me raconteras. »

Devant ma fenêtre, ces mots sonnaient autrement et ne portaient plus seulement les espiègleries d'un joyeux plaisantin. Dans sa courte vie, Andy avait-il eu l'occasion de serrer une femme contre son frêle corps souffreteux ? Et ces regards pleins de tendresse que nous posions sur lui, le consolaient-ils ou lui faisaient-ils ressentir encore plus le manque d'un amour charnel, que tout jeune homme de son âge est en droit d'espérer de son printemps ?

La nuit avançait, mes jambes s'engourdissaient près de la fenêtre et mon regard ricochait sur une vitre désespérément noire. Sachant que mes questions n'auraient jamais de réponses, je me résignai à glisser ma mélancolie sous la couette. Devant un événement irréversible, la technique de l'opossum atténue les convulsions de l'esprit. Le temps… Le temps, ce mot plaque la langue au palais, non pour sucer le sel, mais, pour tenir le cerveau en place. Le temps effacera tout ! On sait bien que ce n'est pas vrai, mais il est des moments où l'on n'a que cette phrase en bouche, par manque d'arguments face au lever du jour. Indifférent, le temps apporte tout, voit tout, mais n'efface rien, la mémoire lui oppose son encre indélébile. On n'avance jamais sans ses peines, c'est le pas qui s'ajuste, s'adapte à leur poids. En avant, marche ! On saute la haie des semaines, des mois, des années, avec plus ou moins d'adresse. En avant, marche ! Le temps précède et talonne les vivants. On avance, certes, mais lesté de sa mémoire.

Depuis la mort d'Andy, je ne cesse de scruter sa fenêtre, espérant le moment où je n'y penserai plus. Chaque fois, le même vide menaçant et le même vague à l'âme. Toujours, les souvenirs s'imposent et la réflexion creuse en moi un trou que rien ne semble vouloir combler. Excavation ! Un jour, on se découvre vide de ce que l'on ignorait porter en soi, une part de l'autre, une part de vie qui s'ajoutait à la nôtre et nous fortifiait. L'absence se mesure à la fragilité qu'elle suscite en nous.

Tant de gens traversent nos vies, composent notre quotidien, sans qu'une expression précise puisse les rattacher à nous. On apprend leur décès par hasard, car nul parmi les leurs, au sens légal du terme, ne sait combien ils comptaient pour nous. Ainsi, aux yeux de la société, nous avons tous une famille *in praesentia* et une autre *in absentia*, cette dernière ne reçoit pas de faire-part et, bien qu'elle souffre du même deuil, sa complainte n'est pas reconnue légitime. Année après année la liste de nos deuils inconnus s'allonge. À qui peut-on en vouloir ? Il restera toujours impossible aux proches de connaître et de réunir, au moment de l'ultime adieu, l'ensemble des individualités qui ont croisé le sillage d'un être. La famille d'Andy ignore tout de moi comme j'ignore tout d'elle, pourtant, leur perte est également la mienne. Comme les morts anonymes, il existe des endeuillés anonymes. Les premiers sont enterrés au bout de leur tragédie, les seconds continuent à vivre avec la leur et se souviennent. Le souvenir est à la fois leur supplice et leur réconfort.

La famille d'Andy se souvient sûrement d'un fils, frère, cousin, peut-être même que des petits regrettent leur cher tonton, moi, je me souviens du même homme, mais d'une part de lui qu'ils n'ont pas connue. Et plus il me manque, plus les moments partagés se font vivaces pour combler son absence. Souvent, ma mémoire remonte le temps, jusqu'à l'étrange début de notre spécial voisinage. Alors qu'il venait d'avouer, l'avant-veille au soir, être celui qui m'épiait, il m'avait interpellée dans la rue comme si de rien n'était. Il avait ainsi réussi à me convaincre de reporter mes courses pour l'accompagner au restaurant. Ce fut notre premier déjeuner, le premier pas d'une joyeuse amitié, d'une compréhension mutuelle qui, parfois, se passait de mots. Ce déjeuner-là fut représentatif des rencontres suivantes.

C'était l'été, il faisait beau, la terrasse à quelques mètres de nous était bondée, le restaurant servait encore et, écoutant Andy, mes courses avaient soudain cessé d'être urgentes à mes yeux. Désireux d'un peu de fraîcheur, nous préférâmes la salle. Il était presque treize heures, lorsque nous nous attablâmes. Une cloche retentit, elle ne célébrait pas le retour du Messie, mais le pouvoir de l'ange assis face à moi. Par un lobe du cœur, Andy m'avait retenue dans la rue pendant cinquante minutes, avant de m'entraîner à son déjeuner. Avec ses jambes de crabe violoniste, d'où tenait-il son endurance ?

Certains se pressaient encore au restaurant, d'autres en sortaient déjà, regagnant leur travail. Loin de cette effervescence, dans les dédales urbains, quelques malheureux dorlotaient sûrement leur solitude sous les ponts. Au lieu de lire le menu, nous discutions, notre choix étant déjà fait. Le plat du jour n'avait pas changé, le monde non plus, mais, à travers le regard d'Andy, il m'apparut autrement. Comme les minutes, les mots de mon interlocuteur s'écoulaient, peignant sous mes yeux, non un portrait de voyeur, mais l'évidence d'une sincère et chaleureuse présence. Sur l'Océan de la vie, il est des vents qui modifient inopinément le cap des barques, à la surprise des rameurs. Quand Andy parlait, des dossiers bien rangés s'éparpillaient. Soleil, brise, bourrasques, brouillards ; on cligne nerveusement des yeux. Mais que sait-on de la météo de l'âme humaine ? Au seuil du vertige, nous rêvons tous de stabilité. Tenir, se retenir, que plus rien ne bouge ! Pourtant, sans ses maudits courants, la mer serait ennuyeuse. Que vaudrait la mousseline bleue de l'Atlantique, sans cette dentelle blanche qui charme les marins autant qu'elle les effraie ? Il s'agit de ne pas lâcher sa rame, d'essayer de percevoir l'impulsion que recèle tout vacillement. Si la houle déstabilise, les jours de tangage narguent la mort.

Quand Andy parlait, mes certitudes s'éboulaient, se remodelaient. Sa vision du monde, ses mots, ses gestes, tout en lui était émouvant. De sa voix qui avait peur d'effrayer, il devisait, riait, rebondissait, mais ses galéjades ne parvenaient plus à freiner la course de mes pensées. Parfois, c'est dans la plus grande joie que s'insinue le blues. Comme si, par contraste, la beauté devait immanquablement souligner ses contours par de tenaces ténèbres. À cause des propos d'Andy, que j'étais pourtant ravie d'entendre, une tristesse, que je croyais avoir écrasée sous le talon, se liquéfiait en moi, refluant insidieusement vers mes yeux. Pour garder sa superbe en toute circonstance, il faudrait garrotter les glandes lacrymales d'un nœud marin. Heureusement, au moment où la submersion semblait inévitable, une voisine passa à notre hauteur, lançant un formel salut, une perche inopinée à laquelle je m'accrochai vaille que vaille, en dépit de ses rugosités.

— Bonjour, madame Labure ! m'exclamai-je en retour. Comment allez-vous ?

— Et vous ?

— Je vais bien, merci. J'allais aux courses, mais, finalement, Andy…

— Quel magnifique temps aujourd'hui ! Un jour à se perdre en balade !

— Oui, en effet, il faut en profiter.

— Il y a une foire au Wacken ! Bref, je vous laisse déjà profiter de votre déjeuner, on m'attend.

— Bo…, ben, euh…, merci, madame Labure. Bon appétit et bonne…

— De même ! Bon, j'y vais, on m'attend.

Bon appétit et bonne… Bonne quoi, au juste ? *Journée* ou *disparition* ? Elle n'aura jamais su par lequel de ces mots j'avais complété. Dire que les autres clients nous entendaient ! Pour trouver un quelconque intérêt à ces phrases – que l'on hache, suspend, puis ajourne sans regret –, il faut savoir la gêne dont elles nous tirent quelquefois. À l'instar du filet de pêche, la conversation n'offre jamais que ce qu'elle attrape. À Marseille comme à Kayar, en mauvaise marée, une sardine passe pour un espadon. Mais, tout de même, congeler le verbe du Seigneur avec les lottes ! Si Dieu est vraiment notre forteresse, un silence de moine trappiste n'est-il pas préférable au bruitage des faux échanges ?

Dès le Bonjour sobrement rendu, Andy avait plongé le nez dans son assiette. Il avait quelquefois ce réflexe d'huître ; au moindre courant froid, il se rétractait dans sa coquille mentale. C'est qu'il avait déjà vu la faune urbaine plus impitoyable que celle de la jungle. Averti, il ne se fiait plus à la douce fourrure d'une loutre pour présager ses réactions ; cette carnassière joue avec ses proies avant de les exécuter.

Silence ! Combien de décibels sont nécessaires au simple mouvement du souffle ? Inspirer, expirer, cela imprime un rythme au cœur mais laisse l'oreille en paix. Le silence ? C'est des doigts désœuvrés qui ne se lassent pas de courir sur les rainures d'une fourchette. Le silence ? C'est des yeux patients qui comptent les pattes d'une mouche au coin d'une table. Même sa mine, le loquace Andy la voulait hermétique, lorsqu'il décidait d'observer le silence. Malgré ses innombrables tics, son visage se figeait dans la cire et ne laissait plus filtrer la moindre émotion. Sarcophage ! C'est vivant que l'on risque les égratignures, c'est vivant que l'on se coule dans l'émotionnel sarcophage. Si vous parvenez à entrouvrir l'armure, ne prenez pas le pouls aux morts-vivants, mesurez plutôt combien l'humain terrorise l'humain. Rues, restaurants, bureaux, salons, partout la même fébrilité ! En tous ces lieux, ce n'est pas l'irruption d'un lion ni d'un tigre qui saccage le calme et rend le battement du cœur arythmique.

Pendant que je bégayais, à court de souffle, mais souriant stoïquement au visage d'albâtre qui nous surplombait, Andy semblait fuir mon regard. Sa délicatesse me faisait-elle grâce de la gêne que j'aurais ressentie, si son regard était venu à s'appesantir sur ma figure de circonstance ? S'il avait souligné les traits du théâtre auquel je m'appliquais, ne serait-ce que d'une moue taquine, la honte m'aurait glissée dans un trou de souris. Paupières rabattues, il attendait la fin du spectacle. J'admirais son calme, cette infranchissable distance, dont j'avais été incapable face à l'intruse. À l'évidence, ce qui casse les jambes ou les entrave n'ôte rien à la force intérieure. Altier, Andy ! Obstinément, il se taisait. Il identifiait ses ennemis en un coup d'œil, mais c'est tout au fond de lui qu'il brisait l'acier de son glaive.

Si cette femme n'était pas de celles affectant de recevoir ses bises mouillées sans dégoût, la répulsion était réciproque, car lui ne rêvait pas d'embrasser un hérisson. Personne ne s'abaisse à reconnaître une qualité à la haine, elle en a pourtant une indéniable : la sincérité. Qui peut feindre l'aversion ? Bien qu'à peine perceptible, le rictus d'Andy semblait dire : « Pauvre cloche, vous pouvez me toiser, mais, votre morgue ne peut m'atteindre, mon âme reste souveraine ! Allez montrer votre fraise au diable ! »

D'après madame Bonnemanières, on ne parle pas la bouche pleine. Et c'est tant mieux ! songeait sûrement Andy, bien que sa fourchette ralentît, attendant la mienne – car même les fourchettes n'aiment pas danser seules. Les guides gastronomiques peuvent persister à couronner chefs et marmitons, ils finiront peut-être par leur avouer ceci : mieux que le talent culinaire et les épices, ce sont les « ah oui… mais tu sais… » qui donnent saveur aux meilleurs des mets. Néanmoins, fermant poliment les bouches pour étouffer l'ortolan, madame Bonnemanières évite à tous le risque d'avaler une minute de travers. Parfois, rien qu'une feuille de blette entre les dents vous épargne fort commodément les pépins d'un indésirable dialogue. À quoi bon saliver, si les mots sortent, mornes et désespérants d'inconsistance ? Si l'on ne parle pas la bouche pleine, on ne devrait pas non plus, l'esprit vide.

Andy et moi soupirâmes de concert, lorsque madame Labure s'éloigna, maltraitant le carrelage. Clac, clac, claquent mes claques ! répétaient ses talons. Clac, clac, claquez-moi le clapet à ces deux têtes à claques ! Clac, clac, quelles taches, dans le décor de mon cirque !

— Seigneur-Jésus ! souffla Andy, avant d'ajouter : Bien que son pantalon soit en similicuir, on l'admet jument ! Sa crinière et son œil rétif au contact la rapprochent d'un tarpan d'Amazonie ; chausse-t-elle des fers-à-cheval dans l'espoir d'intégrer l'écurie de Bartabas ?

— Andy ! Cette fois, tu as une bonne raison d'aller te confesser !

— Même pas ! Le péché, c'est cette diablesse qui vient déranger !

En traversant la grande salle du restaurant, elle ôta son châle en une ample gestuelle. Se débarrassait-elle ainsi de nous ou de son humeur à écraser les mouches ?

Cette rencontre nous avait happés, étouffés dans une rêche bure, Madame n'était pas la seule ravie d'en être dégagée. Avait-elle senti nos yeux la pousser dans le dos, jusqu'à cette table isolée où une girafe aux lèvres d'un rouge criard l'attendait, en face d'une cravate desserrée, à moins que ce ne fût le collier du saint-bernard qui patientait, enchaînant des verres de schnaps ? *Noblesse, dévouement et sacrifice*, c'est la devise de ce fidèle compagnon ; mais, n'est-ce pas plus périlleux sur le verglas des relations sociales qu'aux flancs des Alpes ? La retardataire avait-elle présenté des excuses ? À peine était-elle assise, qu'elle chuchota quelque chose qui nous attira des coups d'œil de sa tablée. Andy et moi fîmes mine de n'avoir pas remarqué le manège, trop contents que nous étions de recouvrer notre tête-à-tête.

— Mange, ma chérie ! Ton plat refroidit, me dit Andy, alors que j'étais sur le point de lui conseiller la même chose.

Son assiette, à peine entamée, n'avait pas meilleure température que la mienne. Échange de regards, soudain, deux demi-lunes quasi symétriques scintillèrent. Les astronautes pouvaient les assembler, les ajuster, il n'aurait rien manqué à l'astre d'Orphée, cette cymbale d'or où je tambourine quand chante le hibou. Rien, disaient nos regards, à part la mort elle-même, rien n'est grave, au point de renoncer à sa part de tarte aux pommes et de ciel bleu ! La langue malaxant lentement de quoi revigorer nos carcasses, Andy et moi causions des yeux. Il est des mouvements de pupilles qui remplissent des tomes entiers. Nous étions nous, seulement nous, sans fard ni l'épais rideau des mondanités entre nous.

Qu'importent le nombre et la taille des entailles sur la peau, les plaies dessinent autant d'indélébiles sourires adressés à la vie. Vivre, c'est toujours tenter de guérir ! Et si le survivant n'a pas l'ingratitude de l'estomac, qui se purge de tout, il tague à la dague sur la face de toute nuit : Lumière-Justice-Paix-Liberté-Pour-Tous ! Qui s'occupe à cela trace l'unique voie vers le meilleur futur possible et, ce faisant, c'est lui qui chevauche la mémoire, non l'inverse. Alors, même la gamelle vide à la belle étoile, sa bouche reste pleine, non d'aïe-aïe ni de sel, mais de tagada.

— Allez, ma chérie, mange. Ton plat, tu le préfères froid ou quoi ?

— Oui, chef ! Et toi, apprécie le tien au lieu de te prendre pour ma grand-mère.

— Elle avait une barbe de trois jours, ta mémé ? J'espère qu'oui, sinon, tu portes atteinte à ma virilité, avec tout le mal que je me donne chez le barbier.

— Pas mémé ! Ça fait vieille nénette à varices surnuméraires, une antiquité ratatinée préposée aux confitures antidatées. Mémé, ça fait *mèh, méhéhéh.* La mienne ne bêlait pas avec les brebis.

— La vache ! À ton deuxième dentier, compte sur moi pour te rappeler tes élégances à l'égard du troisième âge.

— Bof ! L'Alzheimer aura peut-être plus de compassion que toi pour m'épargner ce remords.

— Et comment l'appelles-tu, ta mé… euh, enfin, ton aïeule ?

— Haha, je ne te le dirai pas ! Demande donc à Pinocchio qui prétendait m'avoir lue, s'il a vu les loups, il a…

— Il a croisé ta mamie-maman qui chassait les loups, là-bas, sous les tropiques ! Eh bien, ma chérie, ici, entre les Vosges et la Forêt-Noire, les loups, j'en fais désormais mon affaire.

— Alors, cher ange gardien, mange bien, il te faudra des forces. Elles sont légion, les bêtes à crocs, on en dénombre autant que leurs poils. Attention, Andy, ta serviette est encore tombée. Tu vas salir ta belle chemise, là, tu rates une bouchée sur deux.

— Ben oui, ma chérie, il faut bien laisser leur ration aux petites souris.

— C'est cela même. Je ferais mieux de te donner la becquée !

— Chiche pour la becquée ! Mais plutôt à l'heure où je te vois danser.

— Quel esprit mal tourné ! Est-ce la raison pour laquelle tu vises si mal ta bouche ?

— Cette fois, ma chérie, nous irons ensemble à confesse.

Face-à-face de sourires éclatants d'amitié, si ce n'est pas cela la perfection du monde, c'est que le vôtre n'était pas le nôtre. Bien sûr, toutes les lunes ne sont pas de miel, mais, ruisselant de joie comme l'érable, la nôtre fondait en bouche sans nous coûter la moindre piqûre d'abeille.

— Mange, ma chérie, prends des forces, m'enjoignit Andy, alors que sa seule présence rendrait le souffle à la momie de Néfertari.

— Il y a vraiment des voisines bizarres, murmura Andy.

— Des comme moi ?

— Ce que t'es bête, ma chérie ! Mais non, comme l'autre louloute en similicuir. Sans toi, elle aurait fait semblant de ne pas m'avoir vu, elle ne me salue que devant témoin. Ma parole, t'as vu son regard ? À croire qu'elle a peur des handicapés ! Pourtant, je ne mords pas, moi.

— Ne t'en offusque pas. Sans toi et les autres clients, elle ne m'aurait pas saluée non plus, je n'ai droit à ses civilités qu'en présence d'une personne blanche. Tu vois, cher Andy, tu traînes ta jambe raide en agitant du ciboulot, comme l'a voulu Le Suprême Sculpteur, et moi, je traîne ma peau, dont les mêmes qui te fuient me reprochent la teinte d'ébène choisie par le Suprême Peintre du firmament. À chacun sa croix, cher Andy, le Christ ne cesse de se réincarner. Jusqu'à nos jours, hélas, aucune époque n'est assez humaniste pour préserver tous les enfants d'Ève. Alors, forcément, certains éprouvent tout le poids de certains regards.

— Eh bien, ma chérie, tu te moques quand je te parle de religion, mais en fait tu m'écoutes. Quand même cette louloute ! Cette façon qu'elle a de nous mitrailler des yeux… Et puis, pourquoi nous parle-t-elle de la foire ?

— Andy, nous ne sommes peut-être que phénomènes de foire à ses yeux, mais si notre vision l'horripile, elle n'a qu'à s'en plaindre à son Seigneur, qui en est le seul responsable. Sinon, qu'elle s'accommode de nous. Heureusement, après les barbares de Piccadilly qui exposaient éhontément à la foule des comme toi et moi, le monde va mieux. Plus de cabinet de curiosité, même si ceux qui décrochent la timbale de la bêtise en mériteraient bien un au fond des bois. Cher Andy, la personne handicapée n'est pas toujours celle que l'on croit, certains humains portent leurs difformités au tréfonds de l'âme. Et ceux-là, s'ils se complaisent à disqualifier les êtres, leur vision se borne à l'obscurité qui les habite et ne saisit rien des sujets de leur mépris.

— C'est tout de même étrange, cette façon qu'elle a de nous toiser.

— Par la barbe d'Abraham, Andy, oublie-la ! Ses yeux changeront peut-être d'orbite, mais pas nous ! Alléluia ou Allah Akbar, Salam ou Shalom, il lui faut partager le plancher des vaches avec nous. Cela, bon gré mal gré, nous devons y parvenir, même si, comme les loups, nous dévorons veaux, vaches et cochons, quand nous ne mordons pas nos semblables. Andy, la quasi-totalité du règne animal finit entre nos dents, comment n'aurions-nous pas peur de nos frères ?

— C'est tout de même bizarre, nous n'avons fait aucun mal à cette louloute, pourtant, elle nous bat froid. Mais qu'est-ce qu'elle a ?

— Je n'en sais rien, Andy ! Qu'avait prédit Nostradamus pour le siècle de cette femme ? Sûrement, le reste des incongruités des siècles précédents. En dépit des innombrables progrès des connaissances, les mêmes imperfections humaines demeurent. Prométhée a beau donner son feu, à chaque métal ses propriétés, ainsi va la forge des esprits. Certains métaux ne seront jamais des joyaux.

Tout en devisant, nous engloutîmes notre dessert. Le blues ne boude ni le fondant au chocolat ni la tarte Tatin, pour laquelle je réclamai en sus une boule de glace vanille. La regardant fondre sur la pomme tiède, pendant qu'Andy se concentrait sur ses bouchées, tremblant tel un basketteur maladroit, stressant, suant devant le panier, je restai songeuse un moment.

Il y a des voisines velours, dont le sourire dégèle le manteau du mont Blanc, réchauffe les étangs et fait courir les rivières jusqu'aux plus secrètes vallées du corps. On les croise et, soudain, cascade de bonne humeur, parce que la vie réveille la vie.

Il y en a d'autres, dont le regard, fustigeant on ne sait quoi, fusille et fige le cabri dans son élan. Et, soudain, on fait la statue de sel, parce que la peur a le goût des larmes et n'appelle que la fixité de la mort. Ces voisines-là sont des oursins, des urticantes, auxquelles on ne touche qu'avec une longue perche. En général, on n'a strictement rien à leur dire. À la question « Comment allez-vous ? », elles répondent comme on rend une gifle « Et vous ? », jamais autre chose. Rien que leur battement de cils vous coupe les jambes. Le hasard de leur rencontre vous coûte un laborieux laïus, bricolé comme on improvise une recette avec les restes de l'avant-veille. La fraîcheur n'est pas qu'une affaire de primeurs, les dialogues qui en manquent sont mortels pour la joie de vivre. Nulle recherche de profondeur, quand il s'agit de lisser les apparences fripées par des siècles d'usage.

Sortis du restaurant, Andy et moi fîmes quelques pas ensemble jusqu'à l'angle de la rue. Petite halte avant de nous dire au revoir, nos regards se croisèrent, pleins de la même considération. Haussements de sourcils, sourires entendus : nous étions heureux de notre déjeuner. Les mots pour le dire se bousculaient, mais ils auraient été redondants, compte tenu de nos plaisanteries et de la promesse de nous revoir bientôt. Et ce fut ainsi les fois suivantes.

Je me souviens de toutes ces fois, la mémoire me les rapporte aujourd'hui, comme la vague ramène sur la berge une part de la cargaison d'un voilier resté au large pour toujours. Andy et moi au restaurant, ce n'était pas du tout un déjeuner ou dîner d'amoureux, mais nous étions certainement plus heureux que ce vrai couple attablé un soir près de nous et qui ne pipait mot, chacun ayant peut-être perdu la voix à dicter les clauses de son amour, puis à détailler les motifs de son insatisfaction. Bienveillante, la serveuse essayait de leur faire partager son allégresse, en vain. Même les plats fumants sous leur nez ne furent pas assez chauds pour dégeler leur tête-à-tête. Manger dans la crispation, outre le fait de violenter l'estomac, c'est remplir un sac de jute, adresser un bras d'honneur à l'hédonisme. Dans ce cas de figure, le jeûne leur aurait sans doute apporté plus d'épanouissement du fait de la maîtrise qu'il suppose.

De notre côté, tout en nous régalant, Andy et moi discutions. Et si nous n'échangions que des banalités, elles rendaient notre monde moins morose. Quel sens, quel statut, quel nom a ce lien ? C'étaient des jours à vivre dans la longue chaîne des jours et nous les vivions dans la joie. Des jours, attablés à la terrasse d'un café, complices et contents, quand d'autres sondaient des puits de pétrole, desquels ne remonte jamais de quoi désaltérer la soif des humains. Ces jours-là, nappés de la sérénité des liens sans nom ni menottes, nos desserts avaient le délicieux goût de l'amitié. Pas de religieuse, pas de chapelet ; aucun de nous n'aspirant à la sainteté, la seule prière formulait le vœu de nous revoir. Pas de poire Belle-Hélène non plus, nul ne gobait des tranches de naïveté à notre table et personne n'était là pour ourdir sa guerre de Troie. Tiramisu d'un côté, tarte aux myrtilles de l'autre, c'était le choix parfait pour ajouter un peu d'onctuosité à la vie sans rien ôter à sa couleur mauve. Encore un expresso, un verre d'eau en guise de digestif, histoire de prendre congé au ralenti. Ces jours-là, en quittant la terrasse ou la salle du restaurant, nous savions que, même si la vie garde l'arrière-goût de ses pénibles réalités, il nous restait la possibilité d'y apporter une chaleureuse nuance, avec des louchées de douceur. Pour cette raison et tant d'autres, je me souviens et me souviendrai toujours d'Andy.

Andy m'a laissé une musique : son inimitable rire, dont les vents du soir me ramènent l'écho pour réchauffer l'hiver. Musique ! Je me souviens d'une marionnette du Seigneur qui rêvait de danser le rock acrobatique comme Pinocchio rêvait de souffle. Mais Andy avait-il besoin de jambes ? Son esprit venait à bout de toutes les distances. Avec une force qui manque aux géants, il chassait les loups d'un mot ou d'un simple regard. D'Andy, je retiendrai qu'une brouette cassée, transportant un cœur humain est plus précieuse qu'une Rolls-Royce vide.

D'Andy, je retiens, surtout, qu'il faut toujours laisser une fenêtre ouverte pour les anges.

Indémodable !

Voilà quelques années que je suffoque dans une housse. Accrochée à ce bois mort que les humains appellent cintre, j'en arrive à regretter les frêles épaules de celle qui me confiait, naguère, le soin d'accompagner ses plus beaux moments. D'ailleurs, où est-elle ? Que devient-elle ? Viendra-t-elle un jour me chercher ? Je l'espère.

Depuis quelques années, je me tiens dans cette armoire qui sent la naphtaline, avec des chiffons qui ne savent rien de mon histoire. De temps à autre, une main farfouilleuse vient m'extirper de là, me passe à une autre, qui en fait autant, et je me retrouve dans un espace froid, où des yeux indiscrets viennent m'observer. Dans cet espace, une foule de visiteurs piétine, rôde autour de moi et commente sans réserve :

— La petite robe ! T'as vu ?

— Ah oui ! La petite robe, blabla ! Bla et rebla…

Quelle que soit la langue, leurs phrases commencent toujours de la même manière. J'ignore pourquoi ils me collent toujours cet adjectif, *petite*, alors que tant de grands moments de mon ancienne propriétaire ne pouvaient s'accomplir sans moi.

Je me souviens de l'Olympia plein, comme un œuf, de gens qui ne regardaient que dans ma direction. Je me souviens d'innombrables soirées, où New York n'allumait ses pléthoriques lumières que pour m'éclairer. Je me souviens des spots, des caméras, de la kyrielle d'appareils photo et, surtout, de leurs porteurs qui hennissaient, jouaient des coudes, dans le seul dessein de s'approcher de moi. Je me souviens des fleurs, des haies d'honneur, des mains tendues, tremblantes, désireuses de m'effleurer, comme d'autres aspirent au contact du saint suaire. Je me souviens des compliments dithyrambiques de gentlemen, qui en oubliaient la dame endimanchée agrippée à leur bras. Je me souviens d'un homme, héros de tout un peuple, qui n'avait que moi comme héroïne. Je me souviens de ce champion qui ne pensait qu'à moi, quand toute la France pensait à lui. Je me souviens de cet athlète, fort comme un gladiateur, qui fronçait les sourcils pour juguler son émotion devant mes fronces. Je me souviens de sa souplesse, lui, le menhir devant lequel tant de braves s'écroulaient, il s'agenouillait devant moi pour déchausser les petits pieds de ma propriétaire. Je me souviens de la délicatesse de ses mains sur le dos et sur les hanches de celle qu'il ne voulait plus quitter. Je me souviens de patrons de pressing qui, pour mon entretien, exigeaient et obtenaient l'impossible de leurs employés. Car, aucune urgence n'entravait le soin qu'on m'apportait, puisque ma propriétaire m'emmenait partout, comme les souverains se déplacent avec leur sceau.

La petite robe ! disent-ils. Mais sont-ils assez grands, eux, pour se souvenir, comme moi, de ces banquets où des seigneurs de leur époque s'enorgueillissaient de m'avoir à leur table ? Je me souviens des baisemains de géants, qui se découvraient le crâne pour s'incliner devant mon décolleté, bien qu'il soit resté toujours modeste. Je me souviens des modes qui se faisaient et se défaisaient, me trouvant toujours à la page. Oui, ma propriétaire m'était fidèle, sans doute parce que son bon sens paysan lui avait appris que le fourreau ne change pas l'épée ! Son esprit affûté réduisait les quolibets en pièces. Je me souviens des regards perplexes du début, des critiques des tenants de l'éphéméride esthétique, puis de leurs éloges de reddition, lorsqu'ils ont enfin compris que mon authenticité n'a cure des lubies passagères. Quand d'autres se travestissaient pour être dans l'air du temps, l'Artiste m'endossait et ma coupe fixait des contours au temps. C'est dans mes plis que se nichait le mystère de chaque jour, puisque, en levant les bras devant son micro, la diva qui m'arborait révélait les différentes couleurs de la vie. Elle, elle savait que le cœur peut battre toutes les mesures dans la même robe. Dans cette armoire où je m'asphyxie aujourd'hui, il me manque cette façon qu'elle avait de me balancer de gauche à droite et inversement. Je donnerais mon ourlet pour repartir avec elle en tournée. Mais, un jour, dans une vaste salle où j'étais exposée, j'ai entendu deux visiteuses, en pleine conversation, prononcer plusieurs fois le nom de ma propriétaire. Puis, l'une d'elles a lancé dans un soupir :

— Eh oui, elle est partie, *la Grande* !

Mais, là où elle est, n'a-t-elle pas besoin d'une robe ? Je me posais encore cette question, lorsque l'autre visiteuse se retourna et s'exclama :

— Regarde, la petite robe !

La petite robe ! Non mais, oser me traiter ainsi, quand on sait que l'épopée de celle qu'elles appellent *la Grande* fut aussi la mienne ! Tant d'yeux finiront peut-être par me faire pâlir, mais aucune langue jamais ne coupera ce qui me lie à l'Artiste. La petite robe ! Qu'elles continuent donc à jacasser de la sorte ! Moi, je ne regrette rien de rien, je sais quelle place on occupe parmi les froufrous, quand on a habillé Édith Piaf : Indémodable !

Boxer ou vivre

I – Uppercut

Même au repos, un fauve reste une menace. Au bureau, au cinéma, au marché, au restaurant : cirque !

Dans tous les lieux publics, l'œil ignore ce qu'abritent les silhouettes qu'il croise. Sous les robes et costumes, se cachent les rainures que le coulissement du temps trace aux âmes. Ne vous y frottez pas. Aiguisées par les jours de pierre, certaines sont très profondes et tranchantes à vous couper les doigts. D'ailleurs, au restaurant, un couteau à steak fait moins de mal qu'un index dressé.

— L'eau, s'il vous plaît ! s'impatienta une voix de sergent-bouillant.

— De suite, monsieur, tempéra le serveur, *subito*, j'arrive *subito*…

— Il vous faut le temps de forer un puits ou quoi ?

— Euh, *mi scusi*, bouteille ou carafe ? Excusez-moi, monsieur, vous m'avez dit ?

— Oui, je vous l'ai dit et même répété ! Non mais, ce n'est pas vrai ça ! Allez, je me tire de cette gargote à nouilles ! éructa l'irascible, qui fourragea dans sa poche, posa un billet en évidence sur la table, traversa la salle à grandes enjambées et claqua la porte.

Une mouche, un cafard, un lézard, même le dragon de Komodo mourrait électrocuté face à sa fulminante bouche. Si un grand quelqu'un se saoule à l'eau de pluie au point de se croire seul propriétaire du tonnerre, *lie, la, lie... La, la, la, lie* ! Que Gabriel s'en retourne fissa, fissa, le renseigner ! Ici-bas, toujours, la foudre menace, et son augure ne se lit pas forcément dans l'aspect du ciel. À preuve, des matins bleus comme de paisibles soirées voient certains humains dévisser des mandibules, à demeure ou ailleurs. Le hargneux qui venait de se donner en spectacle, sa voix avait suspendu tout souffle autre que le sien. Pour ainsi raréfier l'oxygène autour de lui, quel volcan couvait-il ?

De l'eau, finalement, ce fut Diego, le serveur, qui en eut le plus besoin. K.O. debout, au milieu d'une salle aussi surprise que lui, il faisait la carpe à marée basse. *Mamma mia !* soupira-t-il, livide. Il est des vagues qui se retirent avec votre sang, votre bonne humeur et votre foi en l'humain. Le cœur serré, les pieds au sec, Diego partageait l'apnée des naufragés. Soudain, il éprouva le désir d'une balade solitaire. C'est effectivement ce qu'il lui aurait fallu pour se débarrasser du poids qui comprimait son plexus comme de ces yeux témoins, qui rendaient son tourment encore plus insoutenable. Malheureusement, son service en cours lui interdisait une telle liberté. Qui sait le nombre des invisibles geôles où l'existence tient parfois l'humain otage ? Diego se découvrait dans l'une d'elles. *Mamma mia !* Que n'aurait-il donné pour respirer à pleins poumons l'air côtier de sa *bellissima* Manfredonia natale ? Son salaire d'immigré, sa voiture, sa jolie copine autochtone, il aurait tout rendu ce jour-là pour retrouver sa paix des Pouilles.

Il y a des jours où tous les dons du ciel semblent soudain insignifiants face à la peine. Certes, Diego était venu pour améliorer sa condition ; mais à quoi sert le beurre dans les épinards, quand la brutalité vous dégoûte de tout ? Comme il était d'un naturel gentil, ce genre de choc lui vidait l'estomac et lui coupait le souffle. *Mamma mia !* Combien de temps peut-on suspendre son souffle sans en mourir ? Seuls ceux qui se relèvent du ring le savent.

Sitôt l'esclandre terminé, les commentaires des clients fusèrent, tous innocentant le pauvre garçon de café, coupable seulement de n'avoir pas le don d'ubiquité. Un gaillard qui n'avait pas moufté lorsque rugissait le fauve y alla de son gros grain de sel :

— Si les serveuses et serveurs n'avaient pas grand cœur et l'œil psychologue comme Diego, déclara-t-il, ils commettraient des meurtres tous les jours.

— Les circonstances atténuantes ne feraient pas défaut, si la cour venait à faire du zèle pour les juger ! assura une dame, associée d'un cabinet d'avocats non loin du restaurant. Il faut l'avouer, tous les coupables ne sont pas toujours sur le banc des accusés !

Et tatati, tatata, *bis repetita*, jusqu'à la dernière bouchée de tiramisu. Polie, compatissante ou gênée d'avoir été trop lâche pour intervenir à temps, l'assistance acquiesça exagérément à toutes les tirades, chacune plus complaisante que la précédente.

L'avocate n'avait peut-être pas tort. Parfois, analysant les faits, on mesure, a posteriori, combien grand fut l'outrage qui a conduit l'auteur, malgré lui, jusqu'à l'impensable extrémité. Serveuses et serveurs n'encaissent pas que des consommations, ils encaissent aussi les sombres humeurs de la ville. Qu'importent la valeur et la fréquence des pourboires, ils ne sont qu'une maigre consolation.

Servir, c'est parfois, injustement, subir. Et, de l'injustice, nul n'a fixé le prix. Si nous en connaissons tous l'âpre goût, chacun mesure, à part soi, le tribut qu'il lui paie à l'aune de sa sensibilité. Humilié devant sa clientèle, comment Diego tenait-il sur ses jambes pour courir encore de table en table ? Puisqu'il n'était pas de marbre, sans doute avait-il tangué, titubé, manqué de chavirer. L'affront n'étant jamais sans effet sur le corps et l'esprit, peut-être avait-il murmuré, en quête de secours, à l'oreille de plus grand que lui.

Diego n'était pas à Babylone mais sur les rives du Rhin, pourtant, prisonnier des regards, *Va, pensiero !* entendait-il, songeant à sa Manfredonia. Maestro Verdi a raison ! se disait-il. De toute façon, à part une complainte aux tristes accents, que pouvait-il faire d'autre, sinon demander au Seigneur de lui inspirer une harmonie qui donne la force d'endurer ses souffrances ? Pendant que les clients se répandaient en commentaires et rivalisaient d'anecdotes, Diego monologuait en son for intérieur :

« Seigneur, quel tournis ! Ça vous saisit à l'improviste et vous retourne les entrailles ! Comment ne pas finir le genou mou, avec tous ces coups de bambou ? Des fois, on manque de s'affaisser. Résister, encore et encore, ce n'est pas une vie ça ! Couché, on ne risque plus l'effondrement, mais cette position n'est digne que sur un lit de convalescence, sinon sous les pissenlits. Alors, il faut rester debout ! Vaille que vaille, tenir. On s'arc-boute ; mais arc tendu d'orgueil ou de courage ? Est-ce le tempo du cœur qui nous garde en mouvement ou la force de chaque tempête qui décide de l'attitude ? Orgueil ou courage ? Lequel de ces sabres coupe les entraves ? Orgueil, disent les couards à genoux, regardant passer les fiers qui avancent avec détermination, vont à la conquête d'eux-mêmes. Courage, disent les orgueilleux, lorsqu'ils ont survécu au péril de leur acharnement suicidaire, pariant leur propre vie pour un port de tête. Qui perd gagne ! Puisque, généralement, il faut sacrifier sa tranquillité pour gagner sa liberté. Alors, courage ou contrainte ? Qu'importe ! À part les peintres, qui se soucie des nuances de gris, quand il s'agit d'affronter un ciel d'orage ? Tout ce qui garde la verticalité reste louable. S'aider d'une canne ? Marcher à trois pieds, on ne vous le pardonne qu'avec des cheveux blancs, à l'approche d'un siècle de lutte. Ramper ? Certes, nous l'avons fait, mais à quatre pattes et les gencives nues. Aucune dent de sagesse ne résiste à cette posture qui vous garde à portée de coups de pied. Non, pour soutenir l'humaine quête de rectitude, que le Seigneur nous hisse la volonté sur le solide mât qui tient la voûte du ciel. Étant donné qu'il nous a privés d'écailles, c'est une combinaison ignifugée qu'il nous doit, face aux inflammables caractères. *Mamma mia !* Si je ne fais aucun mal à certains, qui pourtant le mériteraient, c'est bien parce que je vais encore à son église ! Alors, qu'il me préserve de ceux que j'épargne en son nom… »

— Diego, deux cafés, s'il te plaît…

Va, pensiero ! dans la tête, Diego se recomposa une mine, afficha son sourire commercial et poursuivit son service, comme si de rien n'était. « Bien, monsieur ! » l'entendait-on dire. « Et pour vous, madame, ce sera… ? » Et, ce fut toujours comme commandé, pas autrement. C'était ainsi, c'était sa vie. Comme tous les jours, sur ses jambes, Diego fit ce que les clients voulaient, sans regimber, puisque c'est ainsi qu'il gagnait de quoi vivre. La satisfaction des autres, c'était sa loi, sa foi, son sacerdoce, son pain, son beurre, sa fierté d'homme debout. Mais c'était aussi son épuisement, parfois, son cauchemar et son inavouable blues. « Oui, madame ! J'arrive tout de suite, monsieur ! » Avec les années, Diego ne savait plus s'il servait pour vivre ou s'il vivait pour servir.

Se nourrir soi-même est le premier pas vers la dignité, le préambule à toute liberté. N'est-il pas paradoxal qu'il faille se soumettre pour conquérir l'indépendance de sa gamelle et de son âme ? Joutes ouvertes ! Les casuistes peuvent pérorer jusqu'à la fin du prochain millénaire, Diego vivait sa vie. Et, la sueur de son front n'avait qu'un seul et unique maître : lui qui, chaque matin, actionnait la mécanique du Seigneur, ce corps, dont seule sa volonté impulsait le mouvement, même pour servir. Les morveux parmi la clientèle devaient aller se moucher ailleurs ! Leur monnaie ne donnait pas droit à tout, nul n'a le prix d'un homme debout ! Diego vivait libre.

Le scrogneugneu qui exigeait de l'eau comme Sahara sous harmattan, c'était un costume gris anthracite bourré de muscles. Diego savait seulement que ce mastodonte n'était pas des habitués du restaurant. D'où venait-il ? Pour se montrer si impatient, où allait-il ? Puisqu'il paraissait en trop bonne forme pour répondre à l'impératif rendez-vous avec son Seigneur, en raison de quelle terrestre urgence se pressait-il ? Finalement, cela importait peu. « Qu'il s'en aille ! avait pensé Diego pendant la ruade. Où que le vent le porte, pourvu qu'il emporte son ire loin de ceux qui n'y sont pour rien. *Basta !* Que la brise nous débarrasse des agressifs ; qu'ils fassent du mal à leurs artères, sans mettre celles des autres en danger ! Qu'il s'en aille, cet urticant *tumbleweed*, et jusqu'au buisson du diable ! À part le désert, nul n'aime s'encombrer d'épineux virevoltants ! *Basta*, qu'il s'en aille et jamais ne revienne ! Son reste de sous ira au mendiant, ce n'est pas un pourboire, il vaut déboires ! »

Le virevoltant, c'était un jeune retraité du ring ; on l'appelait D.D. en référence à sa droite dévastatrice. Bien qu'il eût sa carrière derrière lui, il promenait encore ses uppercuts, envoyait les enfants d'Ève au tapis, même sans lever sa D.D. Diego et ses clients ne pouvaient l'imaginer, mais son départ précipité procédait d'une volonté de retenue. Il avait l'explosion routinière, depuis l'adolescence. Beugler, cogner, percuter, rétamer les autres, c'est ainsi qu'il vivait. Même les salutations, à sa façon de les grommeler, ceux qui ne le connaissaient pas lui supposaient une rage de dents.

À son arrivée au restaurant, le serviable Diego était prêt à l'aider, mais, sans trop de considération pour l'aimable accueil de celui-ci, il s'était attablé en tête à tête avec l'écran bleuté de son affectueux et docile mobile. Dire que les serveurs continuent à présenter carte et délicate serviette aux rhinocéros, en vérité des rhinoféroces ! Bouddha a fait des émules ! Son menu, finalement laissé en plan, le pugiliste l'avait commandé, à peine assis, et n'en discuta avec personne. L'avait-il choisi au doigt mouillé ou sur la foi de commentaires anonymes survolés sur Internet ? Diego ne s'en enquit point ; il tenait à garder ses dents, d'autres méritaient son sourire. Lorsqu'il était revenu avec le plat du rhinoféroce, il avait lancé *Bon appétit* par habitude, puis s'était éloigné sans entendre la réponse qui, de toute façon, ne manquerait à nulle musique, la mauvaise humeur étant toujours dissonante.

Diego et ses clients l'ignoraient, mais l'homme qui les avait scandalisés était, en quelque sorte, touriste chez lui. Après une période d'itinérance sportive et de longues années de résidence à la capitale, il était récemment revenu au bercail pour raison familiale. Hélas, les choses ne s'étaient pas du tout déroulées comme prévu.

Un divorce mal vécu, suivi de trois unions toutes aussi houleuses qu'éphémères, avait suscité en lui un besoin de consolation, si ce n'est de compréhension, d'où l'ardent désir de renouer le contact avec sa mère. Qu'importe l'âge, les violentes tempêtes rabattent les enfants dans les bras de leur mère. En toutes les langues, maman, c'est l'autre nom du Seigneur pour qui cherche refuge. Et contrairement aux autres divinités, maman, elle, dispose d'une adresse accessible aux lents pas du blues et, même lorsqu'elle n'est plus de ce monde, sa pierre tombale écoute et offre l'appui. Quand l'ancien boxeur murmurait nuitamment *Maman*, cet ample mot englobait l'être singulier ainsi désigné, mais, aussi, sa région natale, où son enfance s'était émiettée, puis évanouie. Cette région qu'il avait fuie sans jamais réussir à l'oublier, tout comme sa chère mère affectueusement haïe, toute peine l'y ramenait.

Parti avec l'ignorance et la fougue de l'adolescence, cet endurci du ring était revenu avec les scarifications de l'expérience et les questions d'un homme qui n'avait jamais su comment devenir adulte. Si utiles au bûcheron, les muscles abattent des forêts et déplacent les meubles de demeure en demeure, mais ne vous débarrassent point des vrais obstacles de la vie. Déjà quarante ans que l'homme trébuchait sur les siens, sans savoir comment s'en dépêtrer. Évidemment, beaucoup s'agaceraient à moins. Dès son entrée dans le restaurant, Diego avait remarqué son regard excédé. Vu son air bougon et la frénésie avec laquelle il tapait des SMS au-dessus de son assiette, le déjeuner ne lui disait peut-être plus rien, seulement, sa machine de chair réclamait son carburant.

— Entrée ou dessert ? avait osé Diego, qui reçut encore un grognement en guise de réponse.

Son étrange client était allé droit au but. Il n'était pas là pour se ruiner et n'avait pas le cœur aux bourgeoiseries gastronomiques. Il n'allait pas acheter Modène pour une simple vinaigrette et le vol-au-vent au machin ou bidule, le serveur pouvait l'accrocher sur un autre épouvantail ! Pourvu que le plat soit chaud et consistant, la peau de son ventre serait bien tendue ; le petit Jésus lui devait au moins ça. Son estomac n'attendait qu'un bourratif, l'appétit était le cadet de ses soucis. En revanche, sa soif réclamait plus qu'une source au Seigneur. *Bouteille ou carafe ?* Qu'importent le contenant et la quantité, certains incendies ne demandent pas que de l'eau. Et, quand on est seul à table, que l'eau soit du Saloum ou de Wattwiller, il lui manquera toujours la douceur des chaleureux mots qui font passer les bouchées dans une gorge serrée.

Heure d'affluence. Une table pour deux, quatre, six et même huit. D'où sortaient ces fourmis du Seigneur qui entraient par cortèges ? *Bienvenue, mesdames, messieurs !* Diego accueillait, installait, courait. De temps en temps, le grincheux D.D. levait le nez de son mobile, guettait le serveur, soupirait, puis fusillait ses voisins des yeux. Sa table jouxtait celle d'un couple. L'homme et la femme ne cessaient de se prendre la main, de commenter guillerettement leurs plats respectifs et de s'échanger de gourmandes fourchetées. Cette complicité affichée, le solitaire D.D. l'avait remarquée dès leur arrivée ; ça lui tapait sur les nerfs, l'ayant d'emblée jugée surjouée. Il s'interrogeait à leur propos et dissertait in petto :

« Ces deux exhibitionnistes, qui sont-ils ? Mental ou physique, quel âge ont-ils exactement ? À eux deux, ils ne sont pas loin de compter un siècle et demi. Visiblement, des tourtereaux qui roucoulaient, voltigeaient déjà en 1968. Oui, sûrement d'heureux survivants du LSD, génération Woodstock, car il faut avoir appris à embrasser bien avant le sida pour être capable de tant d'insouciance dans la romance. Vieux veinards ! Tant mieux pour eux ! Mais ont-ils besoin d'être si démonstratifs ? Peut-être d'inconscients babas cool du genre de ma mère, qui ont vécu, non d'amour et d'eau fraîche, mais d'illusions, en faisant passer l'idolâtrie de leurs stupides histoires de cœur avant l'éducation de leurs gosses… »

Qu'est-ce qui tisonnait le brasier en cet homme ? Plusieurs fois, il avait jeté un regard museleur au couple, surtout à la femme. Avec sa voix haut perchée, elle parlait plus, minaudait sans interruption et s'esclaffait à tout propos.

« Quelle indiscrète béatitude, celle-là ! considéra D.D. Aucune tenue ! Que lui répond son homme de si désopilant pour garder ses tabagiques dents plombées dehors ? À croire qu'une darne de saumon sur son lit de riz blanc suffit à son extase ! Elle s'excite, exulte tellement qu'elle a fait tomber un peu d'épinards sur la nappe beige. Moche ! Comme art de la table, c'est vraiment moche ! Aussi bruyante que dix perles dans une calebasse vide ; non mais, qu'elle s'écrase quoi ! Elle ricane tellement que l'on voit la julienne de légumes voyager jusqu'au fond de sa glotte ! Ah, ce qu'elle est énervante, dire qu'il y a un homme pour endurer ça ! Ils sont vraiment ensemble pour le meilleur du pire ! » avait conclu D.D. en décochant à la dame un regard à vous précipiter du haut d'une falaise.

Voir les gens heureux le révulsait : comment pouvaient-ils être si superficiels ? se demandait-il, comme si son apnée à lui devait interdire la suave brise et le ciel bleu aux autres.

Pourquoi les chatouilleux cobras ne restent-ils pas tranquillement dans leur trou, quand les chèvres sont de sortie ?

Se sentant observée, surtout réprimandée, par la mine de procureur, qu'avait dû penser la volubile dame pour conserver l'équanimité de poursuivre son déjeuner sans se départir de sa bonne humeur ? Avait-elle improvisé, entre deux bouchées, sa propre version du psaume 22 ? « Le Seigneur est mon berger : si je piétine la queue d'un venimeux reptile, je ne crains aucun mal ; car Il est avec moi. Son bâton me guide et me rassure. Il prépare la table pour moi devant mes ennemis. Grâce et bonheur m'accompagnent tous les jours de ma vie. J'habite la maison du Seigneur pour la durée de mes jours. »

Mais son Seigneur à elle, était-ce cette barbe barbouillée de tiramisu qui s'agitait devant elle ? Ou bien un autre, enturbanné de nuages afin de s'éviter la vue des indélicats, dont il planifiait le jugement sur une autre galaxie ? Diego n'en savait rien. Même s'il avait remarqué le pendentif en croix qu'arborait Madame, il s'occupait de la faim de ses clients, non de leur foi. Il s'était aperçu de l'échange de coups d'œil peu amènes entre les deux tables : « Ne me regarde pas. — Comment as-tu fait pour savoir que je te regarde ? » semblaient-ils se jeter à la figure. Diego n'avait pas bronché. Il s'était contenté de réprimer un sourire : la cour de récréation, ce n'était plus de son âge, et puis, sa brigade culinaire ne gérait pas les CM2, c'était l'affaire de l'Éducation nationale. Une fois ou deux, la tonitruante dame avait soutenu le regard réprobateur, mais son assiette et le sourire de son compagnon méritaient plus d'attention. Le bilieux pouvait grognonner, maugréer à s'élimer les dents ou froncer les sourcils jusqu'à la rupture d'anévrisme, cela ne changerait pas le goût du vin rouge que son homme lui servait galamment. *Santé, chéri !* répétait-elle, narquoise, et *tchin !*

À chaque barque, son sillage. À Noé, son déluge ! À Job, son sort ! Nul ne contredira Tanakh ! Et le Christ n'est évidemment pas le dernier à trimballer sa croix. Mais est-ce la faute des Babyloniens, si le bonheur des hommes reste pyramidal ? Au restaurant comme dans la vie, la joie et la tragédie se dégustent côte à côte, souvent s'ignorant. *Bon appétit !* lancent les serveurs de table en table. *Bon courage !* devraient-ils dire parfois, si la balance de leur cuisine était en mesure de révéler le poids du cœur de certains clients.

Même les fauves sont sensibles à la douleur. Quand leurs crocs ne savent plus par quel bout mordre la vie, ils broient du noir et se contentent de l'attention des humains, ersatz de celle du Seigneur.

Boxer ou vivre

II – K.O.

Sur le flanc, un fauve est-il toujours un fauve ? Blessé, le lion gémit, miaule tel un chat. Roulé en boule, le matou ne griffe personne, il réclame caresses. Mais la peur file des coups de bâton, même à l'ombre du fauve.

D.D., l'ancien boxeur, se rendait au restaurant pour fuir les pensées qui le harcelaient telle une nuée d'abeilles. Et, s'il n'y trouvait pas entière satisfaction, un rien lui déclenchait une colère noire. Son tempérament y était pour beaucoup, mais, les derniers temps, il semblait plus tendu que d'habitude. Son retour aux sources n'avait pas pansé ses plaies, comme il l'avait tant espéré. Pire, quelques semaines après son installation chez sa mère, contre toute attente, celle-ci mourut sans lui avoir donné les réponses qu'il attendait d'elle. Depuis, son humeur oscillait entre tristesse et révolte ; rien ni personne ne parvenait à le calmer, même pas ses solidaires cousines. Les jugeant trop élogieuses à propos de leur défunte tante, il s'était mis à les éviter dès les obsèques tenues. Il préférait, disait-il, assumer seul son deuil, plutôt que de s'entendre reprocher la sévérité de son opinion quant à la défunte, que lui, son propre fils, prétendait connaître mieux que quiconque. Fuyant la présence de ceux qui auraient voulu le soutenir dans l'épreuve, il se repassait ses souvenirs et s'abîmait dans la mélancolie, de jour en jour.

Une consolation ? Ce mot avait-il un sens pour lui ? Outre le whisky, un morceau de musique qu'il écoutait en boucle semblait l'unique remède à sa portée, lorsqu'il ne se défoulait pas sur les autres. Compatriote de Molière, il ne se fiait qu'à Shakespeare pour sa berceuse.

Polyglotte, lui ? Bien sûr, il maîtrisait l'alsacien aussi bien que le français et n'avait pas besoin d'interprète outre-Rhin. Mais, à part *hello, hawa youhou* et *bye-bye*, il ne connaissait de la royale langue d'Élisabeth II qu'un mot commençant par *F*, jeté à sa figure par un adversaire, un soir d'épistaxis, sur un ring de Londres. Pourtant, bien qu'il massacrât, puddinguât l'anglais, il avait reconnu en Simon & Garfunkel ses meilleurs baby-sitters, il s'était secrètement arrogé leur titre : *The Boxer*. Ainsi, du matin au soir, *lie, la, lie... La, la, la, lie !* De jour comme de nuit, *lie, la, lie... La, la, la, lie !* Sa maison, comme sa vie, désormais vide de mère, résonnait de cet air qui le submergeait d'émotion, Simon & Garfunkel ayant résumé en quelques couplets une grande partie de son existence.

Ayant perdu son père très jeune, il avait atterri dans la rue à l'adolescence, faute d'entente avec son beau-père. Il avait alors chapardé, non par vilenie, mais par nécessité. Jeune adulte, il récidiva, gravissant l'échelle du crime jusqu'au cambriolage à main armée. Quel diable lui avait soufflé pareille solution ? La société, protégeant ses biens mieux que ses membres, lui fit payer son besoin de vêtements et de nourriture par des années de prison. Là-bas, un quignon de pain faillit lui coûter la vie ; son musculeux camarade de chambre ne cédait rien et n'avait pas peur d'estourbir.

— Petit morveux ! avait-il rugi. Recommence et tu sortiras d'ici les pieds devant, idiot, va ! Où te crois-tu ? Au gnouf, on ne copine pas comme à la cantine, fallait rester à l'école, mon petit !

Le noviciat excuse bien des erreurs ; mais le petit n'avait-il pas entendu parler d'Abel et Caïn ? Les émules du premier fratricide cultivent son souvenir partout. À la prison, le désœuvrement et les récurrentes menaces conduisirent le jeune homme à la pratique intensive du sport, surtout la musculation, qui bientôt lui donna l'allure d'un gladiateur.

À sa sortie, affûté et résolu à quitter les squats, il fit très vite ses preuves en boxe anglaise. Les connaisseurs louaient la promptitude de sa droite et sa danse de félin. Sous ses coups, des étoiles ont compté les étoiles, puis perdu leur éclat pour de bon. D.D. ne frappait pas, il pulvérisait dents et motivation. Commençant sa carrière, il mit fin à celle de tant d'autres. Il n'était pourtant ni mieux préparé ni plus adroit que ses adversaires, seulement, sa galère instillait dans ses veines une sorte de pugnacité qui manque à ceux qui n'ont pas faim. Seuls les inconscients et les suicidaires de sa trempe finissaient les rounds face à lui. Puisque la vie ne cessait de cogner en traîtresse, il avait ses poings-marteaux toujours prêts pour assommer !

De ring en ring, il rafla les titres, les gros chèques et, enfin, les trophées en talons, qui lui faisaient oublier les picotements de son nez cassé. Soirs de victoire, soirs de fête et de beuveries ; son euphorie n'avait d'égale que sa mélancolie. Ayant connu le fond du puits, D.D. ne craignait pas le vertige des cimes, il en redemandait. *Carpe diem !* avec les femmes comme avec l'argent, *carpe diem !* se disait-il. Optimisme ou inconscience ? La stupide cigale chantait, l'hiver attendait ! Même pour les pur-sang à Vincennes, le rang de favori ne dure pas des lustres. Au moment où il commençait à s'habituer à la gloire, plus fort gladiateur lui fit raccrocher les gants aux oubliettes et les dents sur des bridges. Le malheur retrouva son adresse et lui convoya une série d'ennuis. Sa bourse fondit comme neige au soleil. Sa belle maison dont il n'honorait plus les traites fut saisie. Il devint amer et, ne se battant plus sur les rings, il cognait fort à domicile, or Madame n'avait pas la résistance d'un punching-ball.

Peu de temps après l'annonce de sa retraite sportive, son divorce fut prononcé. *Carpe noctem ?* Les nuits de joie ne lassent personne, mais celles ronronnant de blues ne conviennent même pas aux hiboux. Effrayé par la mince épaisseur de son portefeuille et par son entourage qui s'élaguait de jour en jour, le sportif déchu se convertit, puis se reconvertit, encore et encore. L'époque recycle plastique et papier, elle n'agit pas autrement avec les travailleurs, surtout les plus modestes. Sur la bande d'arrêt d'urgence de l'emploi, la pause consume ceux qui ne consomment plus. Attendre les poches vides, l'ex-champion ne pouvait l'admettre. Debout, le poing levé, sur le ring comme ailleurs, c'est ainsi que D.D. vivait.

Boxeur, puis représentant de commerce, ne tenant jamais une année complète dans la même entreprise du fait de son gros caractère, il avait tout vendu. Café moulu de Colombie ou d'Éthiopie, vins d'Alsace ou de Bourgogne, dattes Deglet Nour algériennes ou tunisiennes, climatiseurs réversibles Toshiba ou Daikin, aspirateurs de toutes les gammes, puis des produits phytosanitaires jusqu'en Afrique, surtout ceux que l'Europe ne voulait plus. Au décès de sa mère, D.D. en était au détergent bio ; il lui en fallait sûrement pour récurer sa mémoire. Il gagnait de nouveau très correctement sa vie ; beaucoup autour de lui se seraient réjouis à moins, mais rien, absolument rien, ne parvenait à éclaircir son humeur encre de Chine ni son regard, désespérément ténébreux.

S'il y a vraiment un Seigneur qui regardait celui-là, le gardait debout et lui donnait le pain de tous ses jours ; pourquoi ne lui donnait-il pas également la paix de l'âme et le goût de vivre ?

Enfant, D.D. avait souffert. Adulte, il avait lutté selon ses moyens. Maintenant, il vieillissait, errant dans le jardin de sa mère, seul avec ses soucis. Ses bleus ne résultaient pas que des coups reçus sur le ring, le sort qui n'avait cessé de lui envoyer des crochets n'avait pas laissé son âme sans dommage. Égratignures, rainures, évidemment ! Fauve des fauves, la vie elle-même file des coups de patte. L'ancien boxeur ne pleurait pas, ne reniflait pas, sa carrure l'interdisait, il s'en était toujours remis à sa droite pour régler ses problèmes. Il découvrait sur le tard que, pour retenir femme et enfants, un câlin vaut mieux qu'un coup de poing et qu'un regard de velours est toujours plus efficace qu'un air martial. Qu'attendait-il dans cette maison où il tournait en rond, causant aux vieux meubles dont il ne voulait même pas ? « Résistance ou résignation ? » se murmurait-il, inquiet pour son avenir.

Résistance ou résignation ? Une gazelle morte se fiche de la différence. Vivante, ses jarrets la portent et démontrent son choix à la savane, devant toute menace. Pour la gazelle comme pour l'humain, l'instinct de survie reste la philosophie qui survit à toute autre. Pour s'en convaincre, il suffit d'observer un voilier vrillant dans l'Atlantique, l'équipage ne se perd pas en dissertation, thèse et antithèse étant aussi évidentes que bâbord et tribord. Quand la houle gronde, moutonne, prête à gober les embarcations, jamais elle ne laisse de choix aux marins. Quand l'eau se fait eaugresse, *agir ou périr*, martèle le pouls. Fauve des fauves, la vie est aussi le premier des Océans ; chacun ne s'y attelle-t-il pas à barrer sa modeste barque ? Alors, vivre ? Une navigation où l'on risque la rencontre de bêtes féroces. Où que l'on soit, larguer les amarres ne sauve pas de tout. Partout, raies, requins et autres monstres surgissent des abysses de l'âme humaine. Et, bien sûr, il y a des jours qui boivent la tasse. À terre comme en mer, il s'agit de lutter, ramer, survivre. Même l'autruche finit par lever la tête, ne serait-ce que pour sentir de quel côté souffle la tempête. Et, parfois, les vents mauvais viennent de loin, de très loin, mais avec encore assez de force pour perturber l'ordre du jour. Qu'importe l'âge des narines, un rhume est un rhume et s'y sent toujours à l'étroit ! Si le nez n'oublie pas l'humidité, les pupilles qui butinent les beaux couchers de soleil retiennent les crépuscules et se souviennent des jours gris aux nuages lourds de songes. Même dans la mémoire, les larmes mouillent les joues. Résilience ? Le mot est beau, puisqu'il tisse et balance une passerelle vers le futur. Hélas, la route s'allonge, multipliant les précipices. Aucune expérience ne se résilie comme un contrat léonin ; nul ne signe ni ne paraphe le parchemin que lui assigne l'existence. Et, malgré le nombre de plaintes, le barreau attend, depuis des siècles, l'inénarrable coupable, le maître du scénario qui se joue sur le plancher des vaches.

L'ancien boxeur, lui aussi, l'attendait, la bouche pleine d'objections. Dans sa ville natale qu'il redécouvrait, sa mère achevait son premier mois dans sa dernière demeure, mais ce qu'il avait encore à lui dire blanchissait ses nuits, gâchait ses déjeuners dans les divers restaurants qu'il fréquentait. D.D. avait boxé pour survivre, finalement, il réalisait que boxer n'est pas vivre. Même si la nuance est ténue, se battre ne signifie pas forcément battre les autres. À force de ne jamais gémir devant quiconque, ce macho se surprenait maintenant à pleurer comme une Madeleine, sans témoin. Souvent, le soir venant, il pleurait tout son saoul et ne recevait que le mouchoir tendu par sa propre silhouette. Dans le secret de son logis vide où les souvenirs s'empoussiéraient, il sortait son whisky par le nez, en se lamentant. Si Christine, sa femme, l'avait vu ainsi, aurait-elle jamais eu le cœur de quitter un homme si sensible ? « Maman, qu'as-tu fait de moi ? » C'était la sempiternelle interrogation qui dégoupillait la bombe qu'il portait au fond du cœur, depuis l'adolescence.

« Maman, comment as-tu pu me faire ça ? Tu savais pourtant que je n'avais plus que toi. Tu m'as encore laissé seul. Christine est partie, les enfants ont pris son parti et ne veulent plus me voir. Ma fille et mon fils, je les aime, mais je n'ai jamais su m'y prendre avec eux. Pourtant, j'ai essayé, vraiment, j'ai tout tenté. Mais rien à faire, il fallait toujours que ça parte en vrille. Ils me reprochaient d'être soupe au lait, répétant les mots de leur mère. Quelle stupide expression, moi qui tiens les soupes en horreur ! Ce n'est pas une nourriture d'homme ça. Bref, j'ai quand même vu un psy comme l'avait suggéré Christine. Thérapie familiale, avait-elle insisté ; ça n'a servi à rien, puisque nous avons divorcé. Ensuite, j'ai rencontré l'autre bimbo, Miss Shopping, toujours à flamber les sous des autres, puis à faire sa chochotte dès qu'on lui remontait les bretelles. « Tu me fais peur, piaillait-elle, tu n'aimes pas les femmes, tu cries tout le temps. » Moi qui ne quittais jamais un ring sans une nana au bras, je n'aime pas les femmes ? N'importe quoi ! De toute façon, même Mahatma Gandhi aurait eu assez de nerfs pour lui crier dessus. Il n'y avait pas que les sous pour nous opposer, elle ne comprenait rien à rien. Tout dans les airbags, rien dans le ciboulot ! Après elle, il y a eu la secrétaire, intelligente celle-là, mais très étrange. Elle se plaignait sans cesse de son ex qui la harcelait, mais, quand j'ai réglé son compte à ce dernier pour le tenir à distance, elle s'est scandalisée et m'a viré aussitôt, me jugeant trop dangereux. Le monde à l'envers quoi ! Franchement, qui peut satisfaire une bonne femme avec des demandes si contradictoires ? Eh bien, elle a soigné son ex ! Je les ai donc rabibochés, en croyant protéger Madame. La dernière en date, c'était une Africaine. Jolie plante, gentille et bonne cuisinière avec ça, elle avait tout pour elle, y compris une grande famille au bled qui comptait beaucoup sur elle. Elle accumulait les petits boulots, mais ce n'était jamais assez. Il faut dire qu'elle avait bon cœur et ne savait pas rester sourde à une demande. Dès qu'elle minaudait, répétant *mon doudou chéri*, mon petit doigt traduisait *Western Union imminent*, alors, évidemment, j'ai parfois fait le *chéri-bouledogue*. J'ai même pensé qu'elle piquait dans l'argent des courses pour envoyer des petits mandats discrètement. Quand je l'engueulais, elle disparaissait, puis réapparaissait quelques jours plus tard, parfois quelques semaines, mais jamais longtemps. Pourtant, elle a fini par me quitter, elle aussi. Eh oui, elle est partie, cela commence à durer, mais qui sait ? Avec elle, ce n'était pas pareil qu'avec les autres râleuses. Elle revenait toujours, son bon cœur aurait pardonné même à Barbe-Bleue, tant qu'il l'aurait laissée vivante. Non seulement elle ne me cherchait pas des poux, mais toujours prête à consoler, elle trouvait des circonstances atténuantes à mes emportements. Alors, si même elle s'est finalement lassée de moi, c'est que je dois avoir un sérieux problème avec les femmes. J'ai beaucoup réfléchi et je crois avoir compris ce qui ne va pas chez moi. Depuis qu'elle est partie, je l'attends, prêt à lui présenter mes excuses. Hélas, j'ai compté les jours, les semaines, les mois, et toujours pas le moindre signe. J'essaie de rétablir le contact, mais elle ne répond pas. En tout cas, je n'ai pas dit mon dernier mot.

» Les copains prétendent que je suis un homme à femmes, n'importe quoi ! Je suis plutôt l'homme que jettent les femmes ; si j'en ai connu tant, c'est bien malgré moi. Toutes se sont barrées en me jugeant violent, alors que ce sont leurs bêtises qui me mettaient hors de moi. On dirait qu'elles se sont entendues pour me laisser le poids de ce même reproche et le même humiliant conseil en souvenir : fais-toi aider ! Me faire aider ? Mais comment ? Hein maman, qui pour m'aider ? Que m'as-tu appris des femmes ? Dis, maman, qu'as-tu fait pour moi ? Ou plutôt, qu'as-tu fait de moi ? Encore une fois, j'en bave et tu n'es pas là ! Où que tu sois, sache que je te dénie le titre de madone ! À part un mot que je ne dirai pas, quel titre décerner à celles qui font des gosses et les laissent crever seuls ? Maman, choisis donc ton galon ! Qu'as-tu fait de moi ? Je n'avais plus que toi, enfin, façon de parler ! Seul, je me suis toujours senti absolument seul. Tu vivais avec et pour d'autres ! Dire que tu n'es même plus là pour voir ton œuvre ! Maman, qu'as-tu fait de ton fils ? Ta pierre tombale est le seul château que tu mérites, et mes questions sont mille serpents qui viendront t'en déloger, car j'attends toujours tes réponses ! Des réponses, tu n'as jamais su en donner, même pas au docteur. Toujours à éluder ! Je suis sûr que tu étais pressée de mourir dès l'annonce de mon retour, ultime pirouette pour fuir mes questions. Mais, dis-moi, à la mort de mon père, certes, tu avais le droit de te remarier ; mais étais-tu obligée de t'enticher d'un saoulard cogneur ? Du soutien, tu avais besoin de soutien, arguais-tu ; mon œil ! Du pain, de l'eau, un dortoir ; quelle mère se satisfait de si peu, quand son homme prive ses enfants de paix ? Lorsque le bernard-l'hermite qui a squatté ta vie m'a jeté à la rue, pourquoi ne t'es-tu pas interposée ? Une nuit, une semaine, un mois, une année entière, j'ai guetté ta silhouette dans les rues de notre ville. Après, j'ai cessé de compter les jours et les rêves qui s'écrasaient sur le béton. Maman, pourquoi n'es-tu pas venue me chercher, ces soirs où je perdais mon innocence autant que mon amour pour toi ? Sans duvet au menton, j'ai fait le fier ; ta tendresse de mère aurait pu me rappeler que je n'étais encore qu'un enfant, ton enfant ! Dis, maman, quelle musique écoutais-tu, quand je criais ton nom devant les loubards des nuits urbaines ? Jungle pour jungle, un loup familier n'est-il pas moins redoutable qu'un renard inconnu ? N'as-tu jamais songé à me rechercher ? Tu aurais pu exiger de ton homme qu'il admette ton fils ! Quelle mère dort, quand son enfant erre dans le froid, le ventre vide ? Réveille-toi, bordel ! Même d'outre-tombe, pour une fois, réponds-moi ! Quelle température faisait-il dans ta chambre, pendant que j'allais de cloaque en cloaque, transi de peur et de froid ? Tu ne lavais jamais ton linge sans assouplissant ; quel parfum se dégageait de ta couette, quand les vigiles me chassaient des coins d'immeuble où je me recroquevillais avec mon chien ? Qui berçais-tu, quand les rats me harcelaient sous un pont, où j'espérais me reposer de la fatigue de vivre ? À qui parlais-tu, lorsque, blotti sur un carton à même les égouts, je m'exerçais à la télépathie, tentant de t'atteindre ? Non, tu n'es pas venue me donner le courage de revenir sous ton aile ! Ronflais-tu ou massais-tu ton petit géant, quand je veillais, ruminais, mesurant ma détresse sans trouver d'oreille secourable ? Jamais je n'ai cessé de penser à toi, maman. Mais toi, te souciais-tu de moi ou étais-tu ravie d'être débarrassée du seul mâle auquel tu osais imputer les difficultés de tes nouvelles noces ? Si tu venais à philosopher sur ta vie, en attendant le Jugement dernier, voici un sujet pour toi : L'Amour a-t-il besoin de mauvaise foi pour durer ? Surtout, ne me dis rien, j'ai deviné : pour toi, l'amour marital comptait plus que l'amour filial ! Tes avocats diront que les familles recomposées posent toujours un problème de jupons aux hommes. Entre ceux qui les sacralisent et ceux qui les retroussent, souvent, le torchon brûle. Et quand ce n'est pas l'ex nostalgique qui dispute sa friperie au nouveau gardien des jupons de Madame, c'est ce dernier qui peine à admettre qu'avant lui, sa dame fut mère des enfants d'un autre. Ton homme à toi n'a même pas eu de raison de combattre, puisque, pour lui plaire, tu as renoncé tout bonnement à nous. Te confiant sa descendance sur son lit de mort, papa espérait mieux de ta part. D'où t'es venue cette soumission de moquette ? Étais-tu amoureuse au point de trahir sa mémoire ou dévote livrée aux desiderata de ton nouveau gourou ? Il régnait sur toi comme sur nous !À table, tu lui réservais les meilleurs morceaux. Pour calmer le feu de ses colères, tu aurais reverdi le Kalahari. Le plus surprenant, ce fut ta nouvelle marotte : même désargentée, tu dénichais des fanfreluches ainsi que tout ce qui brille et cliquette. Du jour au lendemain, ma propre mère s'est retrouvée avec les manières des filles de mon lycée.

Heureusement que je n'y allais plus ! Qu'aurais-je dit, si tu étais venue me chercher devant mes camarades ? Elles et moi savions que les quelques années de moins de ton nouveau compagnon ne retiraient pas un centimètre de ton tour de taille ni la moindre ridule de ton front. Mais soudain, sourde à tout autre que lui, tu virevoltais, passionnée par toutes les nouvelles techniques de rajeunissement, mais démotivée quant à l'éducation de tes enfants, dont aucun n'a prolongé sa scolarité au-delà de l'adolescence. Évidemment, au début, ta négligence nous a semblé de bon aloi : nous ne voulions plus aller à l'école ; notre mère ne nous y force pas parce qu'elle nous aime, pensions-nous. Aujourd'hui, je te reproche là le plus grave de tes manquements. Épouse surinvestie, mère démissionnaire, qu'as-tu fait de nous ? L'éducation est un droit fondamental que les parents doivent aux enfants, dit l'Unesco. Qu'as-tu fait de ta mission de mère ? Je l'ignore, mais je sais combien tu endossas celle d'épouse. *Obéir, servir sans jamais contrarier* semblait ta devise auprès de cet homme. Pomponnée, poudrée, enguirlandée, tu scintillais, sapin de Noël, même aux crépuscules de juillet. Les voisins savaient-ils que tu n'arborais que joaillerie de pacotille ? Fauché comme les blés, ton compagnon n'était pas père de famille mais un économe adjudant commandant sa troupe. Me concernant, il fut un dompteur vite débordé par sa bête, le premier que j'ai cogné. Normal, les lutteurs terrassent d'abord leur entraîneur, avant d'affronter d'autres adversaires. Les voisins se doutaient-ils que ton homme nous battait tous ; et toi, particulièrement, au moins deux fois par semaine ? Le lundi, parce que tu lui réclamais l'argent de la dépense hebdomadaire, quand il enrageait déjà de devoir reprendre le volant de son camion. Le samedi, parce qu'il te reprochait la tenue de la maison et nous jugeait trop bruyants, quand lui, notre ravitailleur martelait-il, voulait enfin se reposer. Alors, maman, as-tu expliqué aux charmants voisins, auprès desquels tu déplorais mon attitude, que ton nouveau compagnon m'a fichu dehors pour t'avoir défendue contre lui ? Dire que tu es restée fidèle à cet homme-là pendant des années ! Et moi, le mauvais garçon, le SDF cambrioleur, taulard, bagarreur, le pestiféré que tu ne voulais plus voir même au dîner de Noël ! Tu aurais pu me rappeler que je n'étais pas encore un homme et m'apprendre la douceur qui fortifie les rocs. Maman, comment garde-t-on un amour durable ? Le soir, même au coin de la cheminée, j'ai froid, sans compagne à mes côtés. En souhaitant la longévité, sait-on ce que l'on demande au Seigneur ? L'âge venant, la solitude pèse les heures et fait souffrir plus que l'arthrose. »

Un coup de fil redonna de l'espoir à D.D. Malgré leur rupture, sa dernière ex-copine l'avait appelé pour lui présenter ses condoléances dès qu'elle avait appris la mauvaise nouvelle. Ce geste de simple courtoisie suffit au bonhomme pour tirer des plans sur la comète. Même sous le gazon, une mère peut encore être utile ! Bien que secrètement honteux de son brin d'opportunisme, l'homme se dit que sa tristesse d'endeuillé attendrirait celle qu'il souhaitait reconquérir. Il n'y a pas que Napoléon pour user de stratégie, Cupidon aussi ! Comme les rêves égayent le cœur et n'appauvrissent personne, l'ancien boxeur en fit foultitude, et de très beaux. Les yeux fixant un coin de son salon, il se voyait partageant avec son ex-copine reconquise de succulents dîners et petits déjeuners ou voyageant aux quatre coins du globe et séjournant en de merveilleux endroits. La joie, le sourire, l'enthousiasme que cette fiction lui procurait, il fallait vite que sa désirée l'entende, afin qu'ils puissent la réaliser ensemble.

Quelques jours plus tard, il entreprit de lui adresser des SMS pleins de sous-entendus, auxquels elle ne resta pas sourde, mais répondait, sans vraiment y répondre. Un soir, lassé de tourner autour du pot, l'homme prit son courage à deux mains et formula sa demande plus clairement, mais n'obtint pas de réaction immédiate. Était-elle occupée ? Hésitait-elle encore ? L'ignorait-elle délibérément, lui signifiant de la sorte une fin de non-recevoir ? Il attendit toute la nuit, en vain. La matinée n'apporta pas davantage de nouvelles. Il songea un instant à lui téléphoner, mais l'appréhension fut trop forte : insister pourrait s'avérer contre-productif, se dit-il.

Fatigué de faire le lion en cage, il avait improvisé une balade en ville, sans même avoir pris son petit déjeuner. Rattrapé par la faim après une longue marche sans but, il avait choisi un restaurant au hasard, c'est ainsi qu'il était entré dans celui de Diego, son téléphone à la main, tel un talisman. L'attente devenant de plus en plus cuisante, il envoya un message à la silencieuse, dès son plat commandé. Enfin, la destinataire réagit. Cependant, l'échange se poursuivit comme un jeu de cache-cache, rendant l'homme de plus en plus nerveux. Ne parvenant plus à juguler son tempérament, il avait fini par expédier une question, carrée comme sa table. Une question dont la radicalité n'autorisait qu'une réponse de même nature : oui ou non. Échec et mat ! Ce qu'il lut par la suite lui resta dans la gorge, lui donnant la pire des soifs. Lorsqu'il s'en était pris à Diego, sa colère s'était évidemment trompée de cible, car c'est à lui-même qu'il en voulait, comme jamais. À l'instar des plats, les amours réchauffées ont parfois un goût de brûlé ! Manger frais ou jeûner ? Votre faim répondra. Mais chercher le bonheur, c'est toujours oser le vertige.

Après sa fulgurante crise au restaurant, le boxeur était rentré directement couver sa frustration chez lui. C'est de l'eau qu'il avait réclamée à Diego ; c'est du whisky qu'il s'était servi, avant de s'installer sur le canapé, pensif. Dans son cœur, une seule certitude : le sentiment d'être condamné à vivre.

Sûr que sa compréhensive dulcinée reviendrait comme toujours, D.D. n'avait pas imaginé combien celle-ci était fière. Maintenant qu'il tentait d'ouvrir un nouveau chapitre, la mémoire de la jeune femme s'y opposait. Pour motiver son refus, elle avait fait allusion à la raison de son départ et D.D. n'avait plus su quoi dire pour la convaincre d'un bonheur possible, ensemble. Le souvenir est le pire ennemi des hommes violents.

Un jour, au dîner, le sanguin D.D. avait tapé sur la table plus fort que d'habitude : il avait giflé sa beauté exotique. Ce fut la fois de trop.

— Arrête de me gaver de riz ! avait-il hurlé, claquant lourdement la douce joue en face de lui. Ce n'est pas la Thaïlande ici ! Riz sauté aux légumes !

Riz sauce gombo ! Riz machin au bidule, et puis quoi encore ? Je ne suis pas végétarien, moi ! Je veux de la viande ! De bons gros steaks bleus, bordel ! Et plus souvent ! Tu m'entends ? Je sais que tu lésines sur les courses pour envoyer des mandats au bled ! J'en ai marre de ravitailler l'Afrique ! Et ne fais pas cette gueule effarouchée ! Bon sang, je veux bien te nourrir, mais je ne suis pas l'aide humanitaire de ta pléthorique famille !

Immobile, tétanisée, la sermonnée pleura à gros bouillons. Puis, soudain, elle bondit, fila à grandes enjambées à la cuisine et revint avec un gros carton qu'elle déposa pile devant le mécontent.

— Vas-y, ouvre ! lança-t-elle. Je t'en prie, ouvre ! L'aide humanitaire à ma famille, comme tu dis, c'est le cadeau de Noël que je te préparais. N'ayant pas assez de sous pour tout payer d'un coup, je t'achetais petit à petit des choses que je cachais dans la cuisine. Mais à quoi bon ? Qui peut se sentir bien avec quelqu'un qui l'accuse de vol tous les jours ? Tu me prends pour qui ? Tu n'auras plus à me nourrir, comme tu dis ! Ta colère ne casse plus seulement les meubles, maintenant, tu me frappes ! Tu es quelqu'un de violent, fais-toi aider ! Eh bien, ouvre ! Ce n'est plus la peine d'attendre, aujourd'hui c'est ton Noël à toi tout seul. Moi, je m'en vais !

À ce souvenir, le boxeur soupira. L'œil humide, il vida son verre d'un trait, le reposa, croisa les mains sur son ventre et fixa le plafond. Au bout de quelques minutes, il reprit son verre, y jeta deux glaçons, le remplit à nouveau et se mit à soliloquer à voix haute :

— Comme j'ai été bête ! La pauvreté n'ôte de dignité à personne. Même seuls en terre étrangère, il y a des gens qui ne mangeront jamais dans la gamelle du chien, ma jolie est de ceux-là. Quand elle m'aimait, sa compagnie m'était distraction ; à présent que je la veux pour compagne, elle ne veut plus de moi. J'ai vraiment tout raté ! Encore une fois, maman, tu n'es pas là, pour me conseiller. Jamais là, quand je cherche des bras aimants dans ce monde cruel où des muscles d'athlète restent vains devant les vrais obstacles. À quarante piges, je me sens comme un enfant perdu. Si tu as retrouvé papa là-haut, dis-lui que son orphelin a vécu en survivant. Sans lui pour guider mes pas, j'ai essayé de me conduire en homme, me relevant des chutes et suant mon pain, malheureusement j'ai l'impatience de ceux qui ont la foulée déterminée, en ignorant où se situe le bon chemin. Avec courage, j'ai boxé pour obtenir de quoi vivre dignement. Mais, cherchant amour et respect, je n'ai su inspirer que la crainte. Se battre en temps de paix, démolir ses semblables et se faire démolir, même sur un ring, ce n'est pas la plus belle preuve d'humanité. Mais le ventre a son impérieuse loi : affamés, les fauves s'entredévorent. Mon corps a survécu à mon mortel sport ; mon âme, je ne sais pas, puisque tout mon entourage me reproche d'être violent. Pour faire souffrir ainsi, malgré soi, ne faut-il pas avoir perdu sa part humaine ? Les gants raccrochés, ça n'a pas été facile, mais j'ai toujours gagné de quoi remplir ma gamelle. Mon grenier ne manque donc de rien, mais, seul en cette vaste demeure, je constate que le pain ne vient pas à bout de toutes les faims. Alors, maman, papa, là où vous êtes, il doit bien y avoir une puissance supérieure qui vous y retient, dites-lui de m'envoyer la force de rester là où elle me garde. Mais à quoi bon vivre au seuil de ses désirs ? Je suis fatigué, vraiment fatigué ! Ici-bas, l'assiette garnie ne suffit pas, il faut aussi de quoi aimer vivre…

Les jambes tendues sur la table basse, la tête renversée, abandonnée sur le dossier du canapé, D.D. battait frénétiquement des paupières. Feuilletait-il l'album de sa vie ? Certains ne retiennent que les victoires, parce qu'elles leur gardent les rayons du soleil au cœur. D'autres traînent leurs défaites, qui les plaquent au sol tels des oiseaux mazoutés. L'air contrit, D.D. murmurait comme on confesse, invoque, implore. Bien qu'allongé, passif, il se débattait, fuyant sa vie, mais la retrouvait dans ses songes. Il parlait comme on s'envole, survole les décombres de sa maison brûlée. Les yeux clos, s'enroulait-il dans une couette mentale, afin de ne plus céder un centimètre de peau aux intempéries ? Lorsqu'il rouvrit enfin les yeux, les glaçons avaient totalement fondu dans son verre, tout comme son rêve de bonheur. Alors qu'il n'attendait plus rien du Seigneur, une clef tourna dans la serrure, il sursauta. Écarquillant des yeux, il resta un moment bouche bée.

— Eh ben, mon doudou, ça ne va pas de parler si fort tout seul ? lança une voix féminine. On t'entend depuis le couloir. Ça va ?

— Viens ma chérie, viens, assieds-toi ! S'il te plaît, laisse-moi t'expliquer. Tu sais…

— Oui, je sais, sourit-elle. T'es un gros bourrin, mais quand tu es triste, je suis triste, moi aussi. Par contre, je te préviens, cette fois, c'est…

— Ma dernière chance, oui, je sais…

Scrutant le visage de sa visiteuse, sans oser la toucher, il réalisa soudain qu'une longue marche venait de s'ouvrir devant lui. L'écart que la jeune femme avait laissé entre eux en s'asseyant n'était pas si grand, mais c'était assez pour la tenir hors de portée d'étreinte ; et son regard avait perdu l'admiration qu'il y lisait auparavant. Combien de temps lui faudrait-il pour franchir la distance qui le séparait de la confiance de cette femme ? Pour avancer vers le bonheur complice dont il rêvait, il lui faudrait affronter sans gants de boxe son plus coriace adversaire, le redoutable monstre tapi en lui.

Lorsque l'amour porte la violence en mémoire, même le discret crépitement d'un romantique feu de cheminée répète obstinément : garde à vous ! Ce ne sont pas les fauves qui tuent, mais l'amnésie qui promène les gazelles à découvert dans la savane. Même sur le flanc, un fauve reste un fauve !

Sept mots par semaine

Tout le bonheur du monde tient en quelques mots, mais, parfois, les formuler vous coûte autant d'efforts que l'or à l'orpailleur. N'est-ce pas le *o*, initiale d'or, qui tourne en rond, vigile en faction autour des annulaires amoureux ? Muet, le cœur est mort. Vivant, vibrant d'amour, il bat la chamade et cherche fébrilement ses mots. Parfaitement rond, l'œuf garde son poussin, il en va de même d'une bouche enamourée qui reste close. Timide, capricieux ou distrait, Cupidon, bien que sensible au regard, attend toujours qu'une voix le réveille à lui-même. Pour qui ambitionne de le rejoindre sur la lune, la meilleure échelle disponible, n'est-ce pas une chaîne d'octaves du verbe le Seigneur ?

« Cette fois, il faut que je lui parle ! », c'est la ferme résolution que prenait Octave tous les matins en accomplissant sa toilette. Le rasage ? Très minutieux. La douche ? Interminable. Et, qu'un poil rebelle débordât disgracieusement du nez, il n'était pas question de sortir sans y avoir mis de l'ordre. Combien de temps Octave passait-il en soins dans sa salle de bains ? Peu importait, il ne la partageait avec personne et sa quête de perfection interdisait la précipitation.

Une douce mélodie accompagnait ses préparatifs. Paradoxalement, la musique qu'il choisissait pour calmer son pouls, *Conquest of Paradise*, Vangelis, lui déclenchait une tempête d'émotions contradictoires. Comme il passait de l'espoir au doute, son humeur oscillait entre l'euphorie et la tristesse. Pourtant, dans l'interstice entre ces deux sentiments, il percevait quelque chose de délicieusement douloureux qui le galvanisait. Alors que son cœur faisait du trampoline, il murmurait, sifflotait en rythme, se bichonnait aussi tranquillement qu'il le pouvait. Par moments, il esquissait un sourire. Quelles pensées coquines le chatouillaient pendant qu'il s'activait ? Se moquait-il de son air de collégien chamboulé ? Se voyait-il déjà concrétisant le doux rêve qui l'habitait ? Hi hi, ha ha ! rien de plus drôle qu'un humain seul devant un miroir, c'est peut-être la raison pour laquelle nous sommes fascinés par le comportement des singes lorsqu'ils nous singent devant cet objet.

Propre, bien habillé, parfumé, Octave se rendait à la boulangerie, apprêté comme d'autres à la Saint-Sylvestre. Surtout, n'allez pas croire qu'il en fît trop. Nenni ! C'est que la toilette festive du commun est l'habillement routinier des gentlemen. Octave était homme de goût et de bonnes manières, l'élégance faisait partie de son code de conduite. La mise soignée, pour lui, ce n'était pas qu'une affaire de mode ou de frime. Alors, quand il s'ankylosait les jambes devant son armoire pour assortir confort et style, il ne fallait pas lui parler de culte de l'apparence ni de superficialité, il ne voyait là que nécessité, et seuls les chiffonniers le contrediraient.

La profondeur de l'Atlantique empêche-t-elle la beauté des vagues ? Non, nulle superficialité chez cet homme qui s'appliquait à se mettre en beauté, son regard sondait la fosse des Mariannes. Aussi coquet qu'éclairé, il ne manquait pas d'exemples en cela. Forant un puits de lumière dans son époque, Voltaire n'était-il pas des mieux sapés ? Proust ne promenait-il pas son regard de bête à plumes sur la France, muni d'une canne de dandy et tiré à quatre épingles ? Marie Curie avait-elle besoin de s'affubler de bure pour prouver son intelligence ? Quant à dame Yourcenar, c'est elle qui embellissait les robes, chacune de ses pupilles contenait assez d'érudition pour changer toute lanille en soie du Sichuan. Le goût du savoir va souvent de pair avec le goût du beau. Une apparence négligée ne distingue pas forcément une lumière absorbée par le sérieux de la besogne ; cette supposition ne sert souvent qu'à dédouaner les souillons. Sales, les lampes perdent en efficacité. Ce qui éclaire et agence l'esprit s'accommode rarement du désordre extérieur. Pour les êtres en quête d'harmonie intérieure, l'esthétique n'est pas une option, c'est un état d'esprit. Octave était de ceux-là et ne s'autorisait jamais le port brouillon.

Outre le fait d'être convaincu que l'habillement atteste le respect de sa personne et des regards qui s'y posent, il considérait l'allure comme un véritable passeport, surtout dans le domaine qui le préoccupait. Qui se veut désirable se souvienne que les chocolats suscitent l'attrait d'abord par leur emballage. Or, le baiser reste la meilleure des friandises, l'aspect du contenant n'est jamais sans effet. Il était inconcevable pour Octave de se présenter devant celle qu'il convoitait sans plusieurs approbations de sa glace. Lorsque, enfin prêt, il traversait le couloir, il marquait un dernier arrêt devant son grand miroir, s'observait encore recto et verso, et réajustait sa tenue avant de sortir.

Humant la fraîcheur matinale, la foulée modérée mais décidée, que voyait-il de la rue ? De quelle couleur le ciel parait-il le jour ? Le feuillage des platanes était-il pareil que la veille ? La voisine qui s'amusait à l'épier, telle louve filant le faon, épluchait-elle déjà les oignons des autres, à son balcon ? Il ne s'en souciait point. À l'étroit entre ses flancs, son cœur bondissait, le devançant à sa destination. Là-bas, derrière le comptoir, se tenait la souriante beauté qui motivait son pas, chaque matin.

— Bonjour.

— Bonjour, monsieur. Et pour vous, ce sera ?

— Une banette, s'il vous plaît.

— Voilà pour vous, monsieur. Bonne journée !

— Merci.

Après cet échange, aussi bref que banal, Octave quittait la boulangerie avec les autres mots qu'il avait prévu de livrer, tous bloqués au fond de la gorge. Comment se sent un chasseur qui rentre bredouille ? Tant de préparatifs et d'adrénaline pour si peu ! « Nul, t'es vraiment nul ! » reprochait un coup de klaxon. D'un pas lent, Octave regagnait son domicile, songeur. Il est vrai qu'il y avait de quoi assombrir la journée, mais Octave chassait les nuages à coups de banette. « Il me fallait quand même du pain frais. De toute façon, ce n'était pas le bon moment, il y avait beaucoup trop de monde… », plaidait-il face à un juge connu de lui seul. Cet impitoyable juge, critiquant son manque de courage quand il rentrait après avoir reporté son projet, c'était le même à pointer son outrecuidance, lorsqu'il était sur le point de déclarer sa flamme. « Es-tu bête ou inconscient ? lui assénait-il. Elle a l'air gentille, cette demoiselle, mais son sourire ne t'est pas destiné particulièrement, il s'adresse à tous les clients. Et puis, elle est trop jeune pour toi. Tu vas te prendre le râteau de ta vie ! » Cette dernière supposition, c'était elle qui bâillonnait Octave. Insatiablement, il regardait l'objet de ses soupirs et repartait plein de doute. Aphone, Cupidon observe les roses, mais ne les décrit à personne, il traîne son beau secret qui s'alourdit de jour en jour. À mesure que la journée avançait, Octave perdait son entrain, miné par les mots qu'il retenait.

Quelle est l'épaisseur de la paroi qui sépare l'humain de sa propre vérité, le tient à distance de lui-même ? Par combien faut-il la multiplier pour imaginer le mur qui nous sépare les uns des autres ? Réciproques, les peurs s'additionnent et se juxtaposent, éloignant ceux qui rêvent de rapprochement. Comment se dévoiler en se protégeant de la vulnérabilité de l'aveu ? Ancestrale question ! Sans l'audace qui traverse les bras de mer, les humains s'épient, tergiversent, s'observent depuis des rives opposées. Un jour peut-être, se disait Octave. Et les jours s'enchaînaient, les semaines filaient, le laissant à son tourment. Un jour peut-être… viendrait le jour de courage, et l'oiseau qui battait des ailes dans sa bouche s'envolerait.

« Demain, je lui parlerai ! Oui, j'y arriverai, demain… », se promettait Octave, en prenant un tardif petit déjeuner qu'il n'achevait presque jamais. L'échec lui coupant l'appétit, chaque banette venait s'ajouter à celle à peine entamée de la veille. Si des souris étaient parvenues à déjouer sa vigilance pour s'incruster chez lui, elles auraient été aussi grosses que des lapins, tant le pain rassis s'accumulait dans sa cuisine. Et, un jour, peut-être aurait-il caressé la tiède fourrure de ces rondes souris, à défaut de la douce chevelure de la belle lointaine qui hantait ses nuits. Inassouvi, l'amoureux se sent seul sur terre. Une consolation ? Il en faut. Mais, quand le cœur atteint une lourdeur qui coupe le souffle, il faut une consolation qui ne pose pas de question. Wouaf ou miaou ne signifie pas pourquoi, mais bien une présence. Dans le combat contre la solitude, combien de reconnaissance les humains doivent-ils aux bêtes à poils ? Chat, cheval, chien, ils sont là, écoutant les monologues des bipèdes, qui leur confient surtout ce qu'ils n'avouent pas à leurs semblables. Une telle compagnie, Octave y songeait lorsqu'il croisait quelqu'un promenant sa bête, mais se raisonnait très vite. Soucieux du bien-être animal et craignant trop de dérangement de son cocon, il ne souhaitait détenir ni chat ni chien dans son appartement.

Seul, il rêvassait. L'air absent, il fantasmait, le cœur battant une mélodie connue de lui seul. Apaisante harmonie ou prière désespérée à l'intention de Vénus ? Boum-boum, bada-boum-boum ! bourdonnait son cœur, dès qu'il pensait à l'objet de ses soupirs. Blues dans la poitrine ? Tabala, basse et violoncelle, sans clarinette. Maestro Octave, tout à son blues, même sa pomme d'Adam djoundjounguait quand il déglutissait le silence. Une sorcière chantait dans sa tête : « Bonjour, monsieur. Et pour vous, ce sera ? » Pour lui, c'était le *la* ; soudain, son cœur s'emballait. Musique, mais tellement seul, sans celle qui tenait la baguette. Le prélude à la romance s'interprète en soliste. En matière de sentiments amoureux, tout mordu rêve de diapason, mais le décalage est-il évitable ? Parfois, le midi de l'un sonne minuit chez l'autre. Même lorsque les regards se croisent, les problèmes de visibilité ne contrarient pas que la conduite automobile. Combien de temps perdu à se décoder ? Une soirée, une semaine, un mois, une année, dix, vingt ou même plus. Il n'y a pas pire guide d'aveugle que le dieu de l'Amour !

Candice, la jolie vendeuse, ne se doutait pas de son propre pouvoir magique. Depuis un certain temps, son sourire brillait dans les nuits du timide Octave et l'attirait irrésistiblement à la boulangerie. Professionnelle, jusqu'à la permanence de son sourire, elle agissait avec lui comme avec tous les clients, si ce n'est le soupçon de déférence en plus qu'elle lui témoignait. Leur différence d'âge n'était pas la seule justification. Compte tenu du style vestimentaire et de l'allure du bonhomme, Candice l'avait d'emblée classé dans une catégorie sociale qui, loin de l'attirer, l'intimidait. À ses collègues qui la taquinaient, en lui faisant remarquer que l'homme venait trop souvent et lui prêtait plus d'attention qu'aux autres, elle rétorquait, hilare : « Voyons, qu'allez-vous imaginer là ? Celui-là ? C'est un monsieur de la haute ! » Ce qui, dans le langage de son milieu à elle, signifiait : « On ne mélange pas les torchons avec les serviettes ! » Alors, comme elle ne se roulait pas dans la soie et ne se croyait même pas du meilleur coton, quand l'élégant monsieur passait, elle veillait à la politesse de son service et se tenait à carreau. « Certes, il n'est pas mal, se disait-elle, pas trop âgé non plus, peut-être une dizaine d'années de plus que moi, mais bon, gardons les pieds sur terre», se raisonnait-elle. Et, comme s'il lui fallait convaincre quelqu'un d'autre qu'elle-même, elle s'employait à balayer tout espoir de rapprochement : «Il a sûrement des fréquentations de son milieu, il ne faut pas se monter la tête. Ma vie me convient, je ne demande pas la lune. Chacun sa place, c'est ainsi ! »

À trop vite chausser le passant, le cordonnier se trompe de mesure. C'est pourtant bien ainsi que son commerce prospère et passe de génération en génération, avec les problèmes de chevilles de la société. Une société stratifiée qui ne demande pas seulement la pointure des chaussures, mais, surtout, qui vaut combien.

Même si ce client la scrutait assidûment, comme admirant une tiare sur le front d'une princesse, Candice restait persuadée de n'avoir rien de plus que ses banettes à faire valoir aux yeux d'un tel monsieur. Que ne laissait-elle à cet expert en rasage le temps de révéler lui-même sa pointure ! Habituée au foin jauni, la pauvre biquette craindrait-elle l'herbe verte ? Son attentif père ébéniste ne lui avait-il jamais dit que sa beauté valait l'Amazonie ? Son maquillage, léger mais toujours parfait, signalait une grande délicatesse. La fée du logis qui lui avait appris les finesses d'un tel art n'avait-elle pas eu six secondes en sus pour complimenter l'avantageuse physionomie de sa fille ?

À l'évidence, si la majorité des clients appréciaient Candice, ce n'était pas que pour la gentillesse de son service ; face à ses yeux de biche, même le diable se serait découvert une douceur d'agneau. À part une peste jalouse, tous ses collègues se plaisaient en sa compagnie. Et, malgré sa maladive discrétion, sa silhouette la distinguait où qu'elle allât. Jolie Candice, douce comme un sucre d'orge, ceux qui entendaient sa voix s'en délectaient. Jolie Candice, aussi radieuse que le soleil d'été qui la dorait. Joviale Candice, si les dents ne servaient qu'à répandre la lumière comme les siennes, les humains en voudraient sur toute la surface du corps. Que les cyniques se rassurent, son sourire ne servait pas qu'à mieux écouler pain et viennoiseries. Certes, vendeuse, elle se devait d'être d'un commerce facile, mais son tempérament ne découlait pas que des heures de boutique. D'égale humeur, son sourire reflétait sa sincère bienveillance, tout en lui servant de bouclier contre les piques des harpies et les crocs des chiens qui bavaient sous son balcon.

Dire qu'aucun peintre n'a pensé à immortaliser sa ravissante frimousse ! s'étonnait Octave en la dessinant de mémoire, souvent le dimanche après-midi, seul jour où il ne pouvait la voir, la boulangerie étant fermée. Pendant que son crayon dansait autour du visage de sa belle lointaine, lui creusant les joues et retroussant légèrement le nez, il s'interrogeait. Si la Joconde gambadait parmi nous, son portrait susciterait-il tant d'intérêt ? Picasso savait-il que Dora Maar traverserait les décennies, grâce ou malgré le nez qu'il lui a tordu ? Esquissant, hachurant, déchirant, recommençant, Octave imaginait-il sa Candice passant les siècles ? Même une canne blanche n'aurait parié le moindre euro sur ce profil qu'il ratait. Qu'à cela ne tienne ! En guise de postérité, une journée lui suffisait ; la sincérité de sa modeste œuvre d'amateur remplissait ses longs dimanches et jugulait son impatience jusqu'au matin suivant.

Modèle à son insu, Candice n'étalait son sourire sur nul autre chevalet, mais son admirateur secret n'était pas seul à la trouver parfaite. Signé sur le galbe de ses hanches, tout traité de paix aurait eu un bel avenir, tant le monde s'accordait pour en souligner l'irréprochable harmonie. Qu'une telle œuvre d'art de la nature froissât seule ses draps, c'est que, paradoxalement, toute dame remarquable fascine les machos autant qu'elle les effraie, or les torses bombés abondent mais les gentlemen ne courent pas les rues. Les gougnafiers sont les meilleurs promoteurs du célibat, face à eux, prendre la tangente est un devoir même pour une chèvre sans fourrage. Derrière son comptoir jonché de pains et de gâteaux, sûr que la vendeuse rêvait parfois d'une robe blanche, comme tant d'autres de son âge.

Catherinette, en ce troisième millénaire plus numérique que romantique, Candice ignorait qu'à l'époque où les braves ne se cachaient pas derrière un écran, mais avaient le cran de leur épée, ses fossettes, sa taille fine et ses interminables jambes auraient mérité d'innombrables duels ; beaucoup d'hommes auraient été prêts à se damner pour elle. À quelle balance pesait-elle sa personne pour se reconnaître si peu de valeur aux yeux de cet homme dont elle ne savait rien ?

S'il est indécent de se surestimer, se sous-estimer n'est pas louable non plus. À trop craindre l'arrogance, Modeste finit minable par manque de cœur. D'ailleurs, se vouloir d'une indiscutable modestie, n'est-ce pas une autre forme de prétention ? Mais comment régler justement la balance de l'ego ? Candice, elle, tâtonnait ; concernant ses désirs, elle se conformait strictement à son milieu. À l'adolescence, sa timidité arguait l'inexpérience et comptait sur la maturité pour s'améliorer, mais, adulte, elle se sentait encore gauche et insignifiante, souvent gênée aux entournures.

Je n'ose pas ! Ça ne se fait pas ! Pourtant, même dans la jungle, les animaux osent l'originalité, c'est même ainsi qu'ils survivent aux mutations de leur environnement et lorsqu'une nouvelle calamité les frappe. La complexité humaine tient-elle au langage ? Tic-tac, tic-tac, le temps passe, jamais les épineuses questions de tact, qui polluent les contacts plus qu'elles ne les favorisent. Quelle maléfique force empêche l'aiguille de la colonne vertébrale de fixer midi ? Vaniteux ou timoré, l'ego trouble pareillement la vision et complique les choses.

Sous le ciel du Seigneur, Candice voyait tout à hauteur de son comptoir. À chaque oiseau son envergure et son altitude, se disait-elle. Il est vrai que l'on imagine mal les pélicans barbotant avec les canards dans leur mare. Et les paisibles canards ne rêvent pas forcément de voltiger dans le sillage des pélicans. Candice n'avait donc peut-être pas tort, chacun pourrait se contenter de sa petite part de ciel, cependant, l'horizon reste une invitation. Les rencontres qui changent une vie ne résultent pas que de la bonne fortune, certaines couronnent la ténacité d'une inébranlable foi qui pousse l'humain vers la lune. Une telle foi, Octave la gardait chevillée au corps. Parfois, faisant route, ceux qui ne se cherchent pas se croisent. Un jour peut-être… Un jour peut-être que la lune rêverait des humbles mortels qui la désirent tant et viendrait se mettre à leur portée. Pour Octave comme pour tout autre, ce rêve ne valait-il pas le coup de garder l'œil ouvert ?

Comme tous, Octave connaissait le blues, mais il le combattait vaillamment. À chaque défaite, il s'imaginait une future victoire possible et continuait son chemin, à son rythme. Il avait connu les lumineuses cimes du succès et goûté aux plus sombres gouffres. Il n'avait plus rien à prouver, il voulait seulement vivre, libre et heureux. Chaque année réduisait cet espoir et voilà qu'un sourire inattendu lui redonnait des envies dont il ne se croyait plus capable. Aimer, être aimé, partager, discuter, rêver ensemble, il n'y croyait plus trop, avant d'avoir croisé l'angélique visage de Candice. Mais le temps, lorsqu'il ne réalise pas les rêves, en fait des pierres dont il leste l'échine. Octave avait quelquefois les épaules basses, mais, dès qu'il s'en apercevait, il rectifiait sa dégaine, question de prestance.

Bonjour; une banette, s'il vous plaît. Merci. Depuis quelques mois, l'essentiel de sa communication se limitait à ces sept mots qu'il prononçait à la boulangerie. Avec son emploi, il avait perdu femme, collègues, planning trépidant et statut social. Même ses enfants, il ne les voyait plus qu'un week-end sur deux et la moitié des vacances scolaires. Auparavant homme complet, il n'était plus qu'un demi-papa, pensait-il. Il se sentait appauvri, déclassé. Cependant, même si le divorce avait sérieusement réduit son bas de laine, il était loin de crier famine; ses longues années au poste de cadre d'une grande entreprise lui avaient assuré de quoi se permettre encore un confortable train de vie.

Licencié pour raisons économiques, ses voisins l'avaient d'abord supposé en vacances, puis en année sabbatique. Avec le temps, ils avaient fini par comprendre, mais, gêne, indifférence ou jalousie, personne ne lui posa de questions. Pourtant, sa nouvelle manie de vivre cloîtré faisait jaser tous les paliers de l'immeuble. Lui, d'ordinaire si mondain, ne sortait quasiment plus. Que se passait-il ?

Habitué dès l'enfance à vivre dans une certaine aisance, Octave, comme tout golden boy, avait beaucoup fréquenté les soirées huppées, où il ne regardait une fille que lorsqu'elle était digne d'une candidature à Miss Unique-vers : Mon chéri, tu es tout pour moi ! embabouinaient-elles dans sa décapotable ; chacune, pas plus d'une saison. Mon chéri, mon chat, mon chou, à toi toutes mes chouquettes ! répétait la gniangnian du moment. Et ce naïf, qui payait même la levure, singeait les gentlemen, mais roulait trop des mécaniques pour avoir leur classe. Sa carte bancaire lui permettant tellement, il se croyait plus qu'il n'était : un simple portefeuille bourré de billets, mais désespérément en quête de valeur. Effrayés par les créatures interchangeables dont il s'entichait, parents et amis le mettaient en garde, en vain. « Tu devrais privilégier la beauté intérieure », lui martelait-on. Alors que lui ne demandait pas un CV avant le premier baiser et ne cherchait pas à dégrafer le cortex de ses partenaires, mais bien leur avenant corsage. Qui n'a jamais flashé sur un avatar de Barbie ou de Ken lui jette la première pierre ! Sa jeunesse désirait, le corps obéissait ! Quand la fougue de la jeunesse dicte ses choix, le galbe d'une hanche passe pour plus précieux qu'un lobe du cerveau. Tu devrais privilégier la beauté intérieure… Octave lavait ses oreilles. Le diable n'avait qu'à dévorer la langue aux rabat-joie ! Quel mal commettait-il à vouloir une jolie plante à côté de son oreiller ? Rien que des jaloux qui prétendaient le raisonner ! Ceux-là mêmes qui se vantèrent, plus tard, d'avoir prédit son divorce, avant de courir conter fleurette à sa bimbo d'ex-épouse. Celle-là même qu'ils lui reprochaient, encore peu de temps avant leur séparation. Parfois, il y a vraiment de quoi préférer la franche mine de ses ennemis au sourire de ses amis !

À sa façon, Octave avait fait son petit tour de la nature humaine. Comme la maladie, le divorce vous révèle vos vrais amis, soutenait-il. Après avoir pris ses distances avec ceux qu'il considérait désormais comme des traîtres ou des saprophytes, il découvrait maintenant ce qu'il appelait la vraie vie et ne voulait plus s'entourer, disait-il, que de vraies gens. Et c'est ainsi qu'il se représentait la jolie vendeuse, dont il ne savait pourtant pas grand-chose. Était-ce le sourire sans tache ou la modestie de son emploi qui la rendait pure à ses yeux ? À son tour, lui aussi chaussait Candice sans mesure. Si la pauvreté garantissait qualité aux âmes, les émules des Thénardier ne feraient pas honte au soleil sur tous les hémisphères. Toujours est-il qu'Octave tenait Candice hors de portée de boue et la supposait parfaite complice pour un futur bonheur.

Candice n'avait peut-être jamais papillonné à Ibiza, elle ne saurait peut-être pas tenir une coupe de champagne en équilibre sur un yacht ; elle ignorait peut-être tout de New York et ne réclamerait sûrement pas de fêter son anniversaire à Las Vegas ; mais son regard pétillait de vie, et lui ne demandait pas plus au ciel. Après avoir fait les quatre cents coups, il espérait seulement un quotidien stable, à deux, entre les quatre points cardinaux : Paix – Amour – Sincérité – Complicité. Si seulement Candice pouvait se douter de tout ce qu'il envisageait pour eux deux ! Parfois, se promenant au parc, il formulait, reformulait ce qu'il aurait aimé lui dire. Lui qui, des années durant, n'avait que très rarement un moment à lui, découvrait le désœuvrement, la solitude et le silence.

Cueilleur de regards amicaux, il errait quelquefois dans son quartier chic, scrutant les mines comme on guette un rayon de soleil entre les nuages. Hélas, même au café, après les salutations, le silence ajoutait à l'amertume de sa boisson. Au restaurant, comme il laissait encore de corrects pourboires, on le servait toujours avec quelques égards, mais les chaleureuses poignées de main et les conversations s'étaient raréfiées, sa carte de visite ne pesant plus que son rectangle de bristol. À sa table habituelle, Octave mangeait comme d'autres se recueillent. À part le doux visage de Candice, qui l'obsédait, à quoi pensait-il ?

Mâcher, mâchouiller, ce n'est pas qu'une affaire de mâchoires et de texture d'aliments. Il n'y a pas que le foin ou le steak-frites qui se mixe, se malaxe, s'avale et se digère ! Mâcher, mâchouiller, les neurones aussi en ont besoin, sans quoi ils meurent affamés. Requinquer les carcasses, prévenir l'anémie, engranger fer et vitamines, bien sûr, tout cela commande gratitude aux papilles, mais ce sont surtout l'ouïe et la vue qui nourrissent le cerveau, relancent la machine. À quoi bon entretenir voiles et cordages, si l'esquif dérive sans gouvernail ? Qu'importe la satisfaction du palais, rassasier l'estomac ne suffit ni pour rester en vie ni pour aimer vivre. Quand la communication ne partage ni idées ni émotions, elle n'est que diète de l'esprit.

Une diète tout aussi mortelle que le ventre creux, puisqu'elle finit par couper l'appétit. À quoi pensait Octave, pendant ses silencieux repas au restaurant ?

Depuis qu'il avait dégringolé de l'échelle sociale, il avait l'impression d'être devenu invisible. Les gens ne s'adressaient plus à lui que lorsque le hasard les y contraignait, chacun s'acquittant d'un minimum de civilités. Le restaurant était l'un des endroits qui favorisaient de tels salamalecs. Concernant Octave, cette courtoisie d'automate, loin de le réconforter, mettait sa solitude en exergue. Lassé de payer pour déjeuner ou dîner comme on gave les oies, il allait de moins en moins au restaurant. Ce n'est pas tant qu'il fût radin ou sauvage, c'est qu'il est des jours lucides qui refusent de gaspiller le souffle avec les perroquets, ce sont ces jours qui retiennent les mélancoliques à demeure.

Très souvent, Octave se contentait d'observer la procession des fourmis du Seigneur depuis son balcon. Il s'évitait ainsi les dialogues de circonstance qui, disait-il, n'étaient que disette, ils approvisionnent peu l'esprit. Il est fréquemment question de beau ou mauvais temps ; de départ ou de retour de vacances. Réitératifs et lapidaires, les échanges de voisinage souffrent généralement d'une terrible famine intellectuelle comme émotionnelle. On se croise, sans se rencontrer ; se parle, sans vraiment rien se dire. Agacé par la somme de banalités pour lesquelles on le retenait quelquefois sur le palier, Octave les esquivait autant que possible. Toujours quelqu'un pour déplorer les embouteillages, tel Bushman découvrant le goudron ! Et toutes ces minutes à commenter toute pluvieuse météo, qui ne remontent que le moral des parapluies ! Il s'agit seulement de meubler ! Mais, à trop meubler, on finit par gâcher le salon ! se mutinait Octave, qui rêvait de véritables et chaleureux échanges, pas de ces numéros de cirque. Faire semblant de manger, ce n'est pas manger, les enfants le savent lorsqu'ils jouent à la dînette ; hélas, certains adultes semblent avoir perdu cette sincérité avec leurs dents de lait. Octave avait gardé la sienne. Retranché chez lui, il lisait, écoutait de la musique. Inutile de participer au jeu de dupes, la véritable gueule de l'existence attend chacun devant son miroir. Pourquoi perdrait-il des heures de vie en stériles conciliabules, quand d'instructifs livres et toute la poésie du monde prenaient la poussière dans sa bibliothèque ?

Lorsqu'il travaillait, Octave n'avait pas le temps de rêvasser ni de se rendre compte de la pénibilité de ces sempiternelles contorsions de voisinage. Maintenant qu'il avait la disponibilité d'esprit, son regard s'appesantissait sur les moindres détails de la vie quotidienne. Seul et inactif, il s'ennuyait, réalisait combien la vie urbaine peut être un dur régime pour l'affect. On se frôle sans se voir, l'attention dispersée entre les urgences du planning. On se renifle sans se sentir, les gens se supposent des vies, plus qu'ils ne se connaissent. Chacun se fiant à sa carapace, les étages communiquent, pas ceux qui les occupent. Même la poésie reste coincée dans l'ascenseur. Limité aux civilités, pesé, soupesé, le verbe en devient diététique. Les rêves, les révoltes, les joies comme les drames se vivent à part soi. Entre la salade César du déjeuner et la soupe aux poireaux du dîner, reniflements ou pas, il n'y a pas que l'ail pour incommoder les gens dans les appartements. La solitude pose un coussin sur chaque bouche et enferme autant que les portes blindées. Sachant qu'un filet de voix suffit à la politesse, ceux qui prient le font sûrement afin qu'au moins quelqu'un les écoute. Les couloirs d'immeubles ne sont jamais aussi volubiles que lorsque la mort rend inutiles les mots qui auraient pu guérir les maux muselés dans les logements. On s'applique tant pour les éloges funèbres, qui ne ramènent personne aux siens ni n'allègent la peine, alors que louer les qualités d'un vivant passe généralement pour flagornerie. Les morts entendent-ils déclamer leurs mérites ? Ceux qui rivalisent d'éloquence lors des hommages posthumes savent-ils que le talent de consoler les vivants est infiniment plus utile ? Souvent, un mot suffit pour soigner un tenace rhume et insuffler au désespéré le courage de vivre encore. Coté en Bourse, le silence ferait la fortune des citadins. Tant de silence, quand le souffle du Seigneur ne réclame qu'une flûte pour chanter la vie à tue-tête !

Voisiner en silence, se disait Octave, c'est une gêne qui s'accroît de jour en jour. Plus on s'évite, plus se dévisager à l'improviste agite le lac intérieur. Et, pour cacher ce tangage émotionnel, chacun s'affuble d'un masque. Saisi dans la glace des égards conventionnels, on a l'air benêt, car ce qui retient le verbe contraint également le corps, le tient prisonnier d'une attitude. Ainsi vivent les gens dans leurs étages ; n'est-ce pas ainsi que les momies d'Égypte restent fidèles à leur pyramide ? Flâner dans la jungle fait moins de mal que la hantise des bruits de couloir :

— T'as vu Octave, ces temps-ci ?

— Oh oui ! Mais que lui est-il arrivé ? Il a tellement maigri !

— S'il n'y avait que cela… Il a surtout l'air ailleurs. Il paraît que le pauvre n'a plus de boulot et, pour couronner le tout, sa femme l'a quitté.

— Oui, mais ça, ça fait un bon moment déjà.

— Oui, mais c'est peut-être la raison pour laquelle il est devenu si bizarre ? Il ne sort plus que pour faire ses courses. Peut-être qu'il déprime ? Lui, si frimeur, qui recevait foule de snobs, il vit maintenant comme un moine !

— En effet, la dernière fois que je l'ai croisé, c'était un matin à la boulangerie.

— Tiens, moi aussi, mais à peine m'a-t-il remarquée, il regardait la vendeuse comme s'il contemplait la Joconde !

— Eh, dis, il a peut-être le béguin ?

— Alors ça, ça m'étonnerait ! Il n'est pas de ce monde-là, vraiment pas du tout, si tu vois ce que je veux dire…

— Mais qui sait ce qui lui passe par la tête ?

Certains vents chuchotent et font ployer les roseaux sans détourner les barques de leur cap, au contraire, ils gonflent les voiles, encouragent les rameurs. Il en va de même des bruits de couloir. Plus on tenait des messes basses à son sujet, plus l'homme esseulé désirait opérer dans sa vie un changement de nature à rabattre le caquet aux bourgeoises commères qui le guignaient.

Chaque matin, Octave se préparait avec la même minutie et se rendait au point de mire de sa Joconde, l'inoffensive vendeuse, la seule avec laquelle il aurait aimé converser pendant des heures et tout le reste du XXIe siècle. Seulement, pour espérer y parvenir, il fallait d'abord réussir à l'inviter pour un café. Or, le moment venu, une éclipse totale se produisait dans sa tête. Et de ce qu'il osait marmonner, à part *une banette*, Candice n'entendait que *hum* ou *euh*, aveu que même les vaches traduisent par des points de suspension. Savait-il combien ça le rendait charmant ?

Souhaitant tenter sa chance avec un peu plus de discrétion, il décala légèrement son horaire de passage, après le pic d'affluence du matin. Et comme il l'avait prévu, la boulangerie était moins envahie. Dans la file d'attente, seulement trois clients avant lui. Pendant que la vendeuse s'occupait d'eux, il jeta de fréquents coups d'œil vers la porte, se réjouissant chaque fois de ne voir personne d'autre entrer. « Vite, que je lui parle ! priait-il. Vite, vite, avant que d'autres clients… »

Malheureusement, lorsque ce fut son tour d'être servi, exactement ce moment qu'il avait tant attendu pour enfin demander plus qu'une banette à Candice, son regard croisa celui d'une autre femme, dont le rictus lui gela les mots au fond de la gorge. La banquise imprévue, c'était l'une de ses voisines d'immeuble, une pipelette avec des yeux de sniper. Chut ! Même un chaud lapin n'aurait pas admis telle présence pour témoin de son flirt. Il est des langues qui outrepassent leur part de verbe et répandent les nouvelles aussi vite que la fumée s'échappe des cheminées. Alors, chut et chut !

Dépité, Octave acheta son pain et s'en retourna, encore une fois, avec son secret. Il comptait assez de printemps pour se douter que les bouleversements intervenus dans sa vie alimentaient les cancans dans son dos. Il n'allait pas offrir en plus un sujet croustillant à cette mégère. « Mais, celle-là, pourquoi m'a-t-elle fusillé du regard ? soupira-t-il en poussant sa porte. Ah ces humains, quels drôles d'oiseaux ! parfois insupportables à vous faire préférer l'épouillage des gorilles à leur proximité ! »

Comme après chaque tentative loupée, Octave se promit d'aller parler à Candice le jour suivant. Cependant, son impatience allant crescendo, il envisagea, pour la première fois, des moyens autres que la parole pour contourner cet imposant comptoir qui exposait la demoiselle tout en la gardant hors d'atteinte. Sachant qu'une cour au marché s'ébruite au marché, il se mit à réfléchir à la plus discrète façon de nouer le contact.

Bien qu'il n'ait eu le temps de rien exprimer lors de son dernier passage à la boulangerie, l'arrivée de sa voisine l'avait plongé dans l'embarras. Alors qu'il n'avait pas de comptes à lui rendre, il avait filé tel un adolescent pris en faute. Fébriles, les amoureux croient leur trouble aussi visible que les clochettes au cou des vaches. Mais ce n'était pas la seule raison de la gêne ressentie par Octave.

Il y a des regards au poids de sumo, qui vous précipitent dans les chutes hivernales du Niagara. Ce sont les regards garde-à-vous ! Ne demandez pas à Octave de les décrire. Seuls les pachydermes n'admettront pas qu'ils en pâtissent et qu'eux-mêmes en commettent de temps en temps, tout comme la vipère qui épiait Octave. À la boulangerie, cette curieuse voisine avait affiché une moue de censeur. Avait-elle eu vent de quelque chose ? Depuis qu'elle était seule, sa morale se heurtait au bonheur des autres. Reprochait-elle à son élégant voisin de s'intéresser à la jeune et jolie Candice plutôt qu'à elle, sur le même palier ? En pinçait-elle pour lui sans oser le lui avouer ? Que la voisine soupirât pour Octave ou pas, lui ne retenait son souffle que pour Candice. Mais, jalousée ou pas, la belle élue ignorait toujours les sentiments de son soupirant. Bien informée à ce propos, l'intrigante voisine aurait-elle été plus douce ? Qu'importe ? Elle ne haussait pas un sourcil à son élégant voisin.

Un soir, lassé de penser à Candice et de veiller sa frustration, Octave mijota une ferme résolution : « Idiots d'humains, toujours à nous pourrir l'existence avec des non-dits qui fermentent en nous ! Assez mariné, je n'attendrai pas un jour de plus ! Demain, quoi qu'il arrive, elle saura ce que j'ai dans le cœur. Advienne que pourra ! Oui ou non, ça m'est égal, au moins, je saurai à quoi m'en tenir. »

Vraiment égal ? Chevalier en manque de dulcinée, se galvanisant nuitamment, leurrait-il les ombres ? Pauvre Octave, l'épée en supination, mais si vulnérable ! À découvert, tout guerrier est vulnérable, même au champ de l'amour. Sans cuirasse, Octave se lançait à l'assaut d'une terre inconnue. Outre sa nuit de sommeil, il risquait son honneur pour un sourire – le sourire d'une belle peut-être de marbre. En amour, quoi que disent les vantard(e)s, nul ne réalise de conquête ; c'est la tectonique des âmes, les cœurs convergent ou divergent, toujours imprévisibles. Le tsunami d'émotions advient ou pas. Shabbat, Salomon, dis-nous ! Avant les coquines grasses matinées du dimanche, les flux et reflux dans les veines comme dans les bras de mer, est-ce une affaire de cantique ou de lune ? Qu'importe, pourvu que brillent les étoiles et que rien n'interrompe les douces eaux qui verdissent les déserts. Au sec, loin des ondes de l'Amour, les pieds souffrent au point qu'ils seraient reconnaissants même aux eaux bleues ; hélas, nul ne décrète la marée ni la pluie salvatrice. La soif, ça m'est égal ? Quel pipeau ! En fallait-il pour alléger le blues de l'assoiffé ? Une issue défavorable, Octave s'interdisait d'y songer. À l'offensive, sans stratégie de repli, même un soldat de l'amour se met en danger. Octave n'entendait plus reculer.

Sachant combien il lui était difficile de s'adresser directement à la jeune femme, il choisit une autre méthode : un courrier, tout simplement. Pour ce qu'il avait à dire, rien de plus diligent qu'une humble page, où les mots se contentent d'être ce qu'ils sont, des vœux qui ont la courtoisie de laisser à la lectrice la liberté de leur donner vie ou pas. On suppose tant de faiblesse aux femmes, Octave prêtait à l'une d'elles le pouvoir de changer la couleur du ciel avec un seul mot.

Toute la nuit, Octave écrivit, formula, déchira, reformula, déchira encore. Par moments il soupirait, psalmodiant le prénom de la destinataire. Ce cartésien découvrait-il que le vaudou n'est pas qu'une affaire de Béninois ou de Yorubas ? Toujours, les humains déchiffrent les échos nocturnes et jettent des passerelles sur les béances. De jour comme de nuit, le vertige menace, mais, à marcher vers l'autre, on craint moins le vide sous les pieds. Cheval blanc ou pas, Octave était en route, dépassant sa peur, il fonçait vers son éventuel bonheur. Ailleurs, en ville, dans un lit douillet, la jolie Candice dormait à poings fermés, ignorant qu'un scribe était en train de lui jeter un sort. Il écrivait comme d'autres prient. Le jour lui accorderait-il ce qu'il demandait à la nuit ? Afin de mettre toutes les chances de son côté, Octave s'appliqua, aussi sérieusement qu'un pêcheur prépare son filet quand les dorades dorment. De mouture en mouture, il avait élagué, ciselé, arrondi son expression, souhaitant être clair sans paraître bavard ni cavalier. À chaque petite rature, il attrapait une nouvelle feuille. Au petit matin, une bonne partie de sa rame de papier envoyée à la poubelle, il peaufinait encore ce qui devait être sa version finale.

Finalement, ce fut l'horloge qui lui signifia qu'il ne pouvait plus tout réécrire : Stop, stupide maniaque, ton perfectionnisme ne sert pas tes rimes, seulement à te ruiner les nerfs ! Stop ! Même Albert Cohen a dû se résoudre à mettre un point final à *Belle du Seigneur*. À toute aubade, sa clausule. Et quelle lenteur, cet Octave ! À son âge poivre et sel, il n'avait toujours pas compris qu'à part le pouls, nul n'a les mots à la hauteur de cet ardent sentiment qui le tournait chèvre. Tomber amoureux, c'est tomber bêtement mbèh ! Irrésistible mélodie, transe, tourment des veinards, apoplexie des bavards, l'amour fait bouillonner l'esprit, puis déborde du cœur et ne tient que dans une phrase musicale de Bach. Maestro, *vielen Dank* ! mais, que conseilleriez-vous à Octave ? Au lieu de me gâcher le repos, pauvres humains, ayez de la suite dans les idées. Mordus, souffrez de bonheur et taisez-vous, tant d'autres se damneraient pour attraper votre mal.

Ce matin-là, comme à l'accoutumée, Octave se prépara avec soin et se rendit à la boulangerie. Au moment de régler sa banette, il en profita pour glisser subrepticement sa missive. Aussi discret que possible, son geste fut néanmoins remarqué par quelques clients, étonnés mais silencieux. Qu'avait-il écrit exactement ? Tous ceux amoureux ou l'ayant déjà été connaissent les friandises que contenait sa lettre, inutile d'en décrire le goût de miel. Cependant, Octave avait conclu en des termes uniques à lui : « Je sais que vous fermez à 19 heures. Si vous êtes sensible à mon invitation, traversez la rue, je serai à la terrasse du café d'en face. J'attendrai une heure et, si je ne vous vois pas, je comprendrai. Surtout, sentez-vous libre. »

Fakir ! Une heure d'attente : tic-tac, tic-tac, attaque de moustiques ou crépitement de braises sous les pieds ? Une heure, ce n'est pas que soixante minutes, c'est une éternité de supplice pour qui a déjà tant attendu. Qui parle de conquête amoureuse se figure peut-être un intrépide samouraï de l'ère Heian dictant sa loi, glaive au clair. Non, non, mesdames, bercez votre enfant qui se rase de compassion ; avant de faire le coq, Casanova affiche une gueule d'enfant perdu. L'amour est une drôle de guerre, l'orgueil la perd toujours, car il faut s'avouer vaincu pour gagner. L'impuissance et l'angoisse précèdent le premier baiser. Déterminé, sa vulnérabilité assumée, Octave bravait le gril. Fakir ! Plus sa Désirée tarderait, plus il brûlerait, mais sa venue le guérirait de tout, espérait-il. Il existe des braves qui meurent sans médaille, parmi eux, les silencieux fakirs de l'amour. Seigneur, aie pitié de ceux qui ont la grandeur de faire le premier pas ; en quête d'Éden, leur foi les entraîne en Enfer !

Ce soir-là, même les rayons du soleil se firent très patients, ils s'attardaient, soulignant les traits soucieux d'Octave. L'œil du ciel guettait-il ce qu'il adviendrait pour le rapporter au grand scénariste ordonnant le lever comme le coucher de toute chose ? Mektoub ! Attablé, seul, bien avant l'heure qu'il avait indiquée, Octave suivait des yeux d'invisibles libellules ! Soudain, saisi de frénésie, il ajusta col et manches, encore et encore. Combien de fois ? La nappe mauve de sa table l'ignorait ! Il avait chaud, trop chaud, et regrettait qu'il fût trop tard pour filer se changer. Pfff, quelle poisse ! s'irrita-t-il sans desserrer les dents. La température n'était pourtant pas caniculaire ; pourquoi se sentait-il si inconfortable dans ses beaux vêtements ? Il n'avait pas doublé de gabarit en une journée, d'ailleurs son ventre était creux ; le problème venait-il de sa mise ? Même tout à fait adaptée à la saison, était-elle bien comme il fallait ? Résigné à garder sa tenue, il ne fut pas tranquille pour autant. La demoiselle avait-elle été touchée par sa lettre ? Cette chaise devant lui, serait-elle bientôt occupée ou resterait-elle vide ? Le diable actionne son métier à tisser, fait des nœuds dans tout cerveau soucieux.

Se remémorant chaque mot de sa bafouille, Octave se demandait anxieusement s'il n'avait pas commis de maladresse. Mais seul le diable qui lui soufflait de tels doutes tenait la réponse. Octave avait ficelé ses phrases comme on dresse une échelle de vertes lianes vers la lune ; qu'aurait-il pu faire de mieux ? Improviser une sérénade, sa joie valait le coût, mais sa voix et sa timidité ne lui permettaient pas pareille folie. Tic-tac, tic-tac, tachycardie : 19 h 30, toujours personne ! Pfff, soupira encore Octave. Cette nana a-t-elle été kidnappée par des aliens ou se moque-t-elle du monde ? Non mais enfin, où est-elle ? Que fiche-t-elle ? Pour qui se prend-elle ? Elle est belle, mais n'est tout de même pas Miss Univers ! A-t-elle dévoré toutes ses viennoiseries au point de ne plus être capable de traverser une simple rue ? En patientant, Octave interrogeait tour à tour les cuticules de ses ongles et le ciel du crépuscule. Le pigeon qui roucoulait sur un toit en face du café lui faisait-il part d'un bel augure ou se moquait-il de lui ?

Il était 19 h 50, quand Octave eut sa réponse ; et le serveur, la sienne. Lorsque celui-ci revint, son plateau figurait une ronde lune où trônaient les verres d'un couple en tête à tête. D'abord incrédule, la belle Candice avait tergiversé toute la journée, puis, en toute liberté, elle s'était décidée à franchir les quelques mètres qui la séparaient de la lune, cette petite table où l'attendait ce monsieur qu'elle avait d'emblée cru inaccessible. On flatte les roses, mais l'amour est un discret droséra, sa proie vient d'elle-même livrer son âme.

— Madame, monsieur, tout va bien ? Désirez-vous autre chose ?

— Euh, oui, non merci ! répondirent-ils en chœur, en pleine confusion. Ça va, pour le moment, précisa Octave.

— À votre service, m'sieur dame !

Mousse ou pas sur la dame, leur duo ne méritait-il pas un peu de privauté ? Échange de sourires entendus, leur premier regard complice vira l'enquiquineur. Ah, ces serveurs, toujours à interrompre des affaires d'État ! Toujours à vous encombrer de leur onéreuse attention ! Faut-il hisser un drapeau blanc aux tables où Cupidon murmure ses secrets ? Tout à leur trouble, Candice et Octave bégayaient, pire que des collégiens, et brisaient la glace à coups de sourires sans réel motif.

Le soleil ferma les paupières. La nuit dévida un voile de pudeur entre les platanes et garda le serveur invisible. La lampe de la terrasse éclairait juste ce qu'il fallait. De toute façon, les pupilles qui se filaient, s'irradiaient mutuellement et n'avaient besoin de rien d'autre pour balayer les ténèbres. Surprenant certains regards, qu'aurait donc pu y lire le hibou ? Enfin, te voilà, chère âme sœur ! Où étais-tu ? Cent ans que je te cherche parmi les humanoïdes ! Mais les gens ont rarement le courage d'une telle sincérité. Pudiques ou trop fiers, ils tournent autour du pot de confiture, quitte à prolonger l'hypoglycémie.

— Eh bien, ça fait plaisir de vous voir…

Encore heureux, mon gars, tu n'as quand même pas invité une hyène ! aurait pu le taquiner Candice, mais, n'osant pas encore son regard, elle se passa une main dans les cheveux et fit entendre une voix de chaton :

— Ben, moi aussi, ça me fait plaisir de…

— Il fait vraiment chaud. On commande une bouteille d'eau ? proposa-t-il, ravi de revoir le serveur.

— Oui, il fait vraiment…

Octave aurait pu demander à cette mademoiselle Replay si elle sortait d'une couvée de perruches. Mais il avait assez d'années pour être indulgent, sachant qu'à 18 ou 98 ans, le gris du premier rendez-vous rend tout humain dyslexique, voire carrément neuneu. Après avoir bu un verre d'eau d'une traite, Octave entreprit d'alléger le silence :

— Alors, moi… Enfin, pour résumer, disons que… Et vous, où en êtes-vous ? Euh, je… je voulais dire, puis-je me permettre de vous demander, où en êtes-vous, dans votre vie ? osa-t-il, outrepassant largement son quota de mots par semaine.

La demoiselle en était exactement au stade où, nul ne distinguant un hibou d'une colombe, l'écoute lui semblait préférable aux impairs. Alors, Octave se débrouillait, bredouillait.

Obtenir un rencard, c'est déjà quelque chose, mais équeuter des cerises n'assure à personne le délice d'une confiture. Octave ramait, Candice l'aidait si peu, elle souriait bêtement, veillant surtout à son maintien. À force de voir leur désir condamné, les femmes se prennent d'abord pour Bouddha, avant de s'avouer Marie-Madeleine. Quant aux hommes, à force de se faire taper sur les doigts, même les anges craignent d'être pris pour des monstres et complimentent une robe jusqu'à l'user, avant d'oser la retrousser. Après avoir combattu les ceintures de chasteté, les dames vont-elles finir avec des feux rouges agrafés aux jupons ? Toutes n'aspirent pas à la sainteté de Mère Teresa et l'ascèse des tuniques violettes ne sied pas à tous les messieurs ; mais, à l'ère du soupçon, les plaisirs solitaires n'ont-ils pas un bel avenir ? D'ailleurs, rien n'est moins sûr. Quelle libido peut vraiment s'épanouir dans une époque qui fait un si triste sort au pacte sacré du duo originel ? Ce pacte millénaire, que les excessifs du blabla-blâme-blabla sont en train de vider de sa douce magie, ce n'est pas charnel ou intellectuel. À la fois l'un et l'autre, ses deux versants se rejoignent au mont du désir et s'embellissent mutuellement. A-t-on oublié l'élévation et la spiritualité que suggère toute pyramide ? Candice et Octave n'échapperaient pas au contexte de leur rencontre ; leur intelligence ferait-elle le reste ?

Tic-tac, tic-tac : 21 h 30 ! À part la nappe mauve, personne autour de la table ne s'en rendit compte. Pourquoi compteraient-ils les heures, alors qu'un siècle s'offrait à leur imagination ? Il fallait seulement au soupirant le courage de se dévoiler encore un peu, de maintenir la conversation et, tout en douceur, tenter de délier la langue de son invitée.

Candice répondait sobrement, parlait d'elle presque sur injonction, observait son interlocuteur à la dérobée, mais assez pour le reconnaître bel homme, ni trop frêle ni trop imposant. Ses mâchoires, carrées mais pas anguleuses, semblaient délicatement taillées pour tenir au creux des mains en V. N'est-ce pas de cette façon qu'une amoureuse offre sa bénédiction au visage victorieux de son chéri ? De quelle galaxie venait cet homme ? Tout dans son attitude la surprenait, l'émerveillait ou l'amusait. Ses vaines tentatives de dissimuler sa timidité le rendaient si touchant. Dans la République des séducteurs, Octave ne manquait pourtant pas d'arguments pour se déclarer Roi-Soleil. Les perles qui ornaient son sourire ravivaient l'éclat des étoiles. Et puis, ce regard ! Au fond de ses yeux, un ciel d'aube s'attardait, prolongeant toute rêverie. Dire qu'il s'était inquiété des nuits entières pour lever une jupe ! Une jupe qui n'était même pas comme celle de la reine d'Angleterre, lestée de plomb ! Un seul regard aurait suffi à lui dégrafer tous les corsages de 18 à 98 ans, car même les coriaces coquines qui tiennent tête à la mort auraient aisément admis, dans ses bras, l'existence du Paradis. Et le contour de sa bouche ! Le designer suprême n'a rien ciselé de mieux. Cet ourlet qui achevait d'adoucir l'ensemble de son visage – de qui Octave le tenait-il ? Une telle beauté, impossible à cataloguer, si son arbre généalogique ne se ramifiait pas sur plusieurs continents, c'est que sa mère n'avait pas tout dit. Quoi qu'il en soit, cette bouche merveilleusement proportionnée suscitait la soif chez celle qui oubliait l'heure à la regarder. Candice imaginait des anges y butinant le souffle divin jusqu'à l'ivresse. Sans berlue, qui dédaignerait cet homme ? Le timbre de sa voix aurait inspiré des manières de geisha, même aux matonnes. Ne me réveillez pas, pensait Candice, si c'est ainsi que se crament les amoureuses, la pluie ne me sauvera de rien. Cet homme enflamme tout le bois des Vosges et de la Forêt-Noire d'un regard ; je n'atteindrai pas les bords du Gange, le Rhin me va. Je le sais, il ne restera rien de moi ; papa, maman, réclamez mes cendres au vent du soir !

Pendant les courts moments de silence, ces terribles moments où le diable touille le ventre des amants, Candice se perdait dans ses songes, et chaque fois qu'Octave la regardait, elle se sentait prise en faute. Était-elle coupable de marcher sur la lune sans l'inviter ? Quoi qu'il en soit, il ne semblait pas malheureux et ne comptait pas la laisser s'éloigner, maintenant qu'ils se parlaient, il pouvait lui dire attends-moi.

Pour qui ne craint pas la noyade, la lune n'est jamais loin. Elle se reflète dans toutes les eaux, flotte entre toutes les paupières. N'est-ce pas son éclat qui fait briller les yeux des amants et leur donne le pouvoir ensorceleur ? Mortel, l'amour ! Mais lui seul sauve.

Ports de Folie

> Nous avons l'art, afin de ne pas mourir de la vérité.
>
> NIETZSCHE,
> *La Volonté de puissance*

Une capuche grise, un châle rouge, des gants de laine, des chaussettes aux mailles bien serrées, des bottes en cuir, un gros pull polaire, un pantalon tergal à peine visible sous l'énorme manteau en fourrure. Elle avançait, une carte postale à la main.

Le soleil était au zénith et les citadins sirotaient leurs boissons sur les terrasses devenues trop étroites. L'été rayonnait sur les visages, roussis mais détendus. La chaleur avait assoupli les mâchoires et rendu le verbe facile. Aussi s'exclamait-on, sans retenue, au passage de la dame en fourrure : Mais elle doit être folle pour s'habiller de la sorte par un temps pareil !

Touty passa devant la terrasse, son regard fixait un horizon imaginaire. Les franges de son châle rouge, agitées par un léger vent, balayaient les phrases qui se lançaient à sa poursuite. Elle avait passé sa journée à sillonner la ville de ce même pas décidé. Sans réel objectif, elle ajustait sa trajectoire selon l'attrait ou le dégoût que lui inspiraient les rues. Car du goût, elle en avait. Sous ses gants épais, ses ongles étaient longs et bien vernis. Entre les multiples couches de laine et son corps délicat, des dessous chics se découpaient en fine dentelle.

Lorsqu'elle poussa la porte de son appartement, le soleil dragueur faisait un dernier clin d'œil à la lune. Sans se débarrasser de son manteau, elle alla dans sa cuisine, se fit une soupe, se la servit bien brûlante devant sa télévision. PPDA racontait tout ce qui rapprochait, de plus en plus, le monde des hommes de celui des bêtes.

Elle sortit la carte postale de sa poche et la contempla longuement, le temps d'imprimer une image identique sur son cœur qui se mit à battre la chamade. Un téléfilm idiot commençait. PPDA avait dit beaucoup de choses sur d'innombrables endroits de la planète, mais rien à propos du Groenland. Elle éteignit la télévision, gagna sa chambre et se jeta sur son lit sans se dévêtir. Non, Touty n'était pas une couche-tôt. Avant, il lui arrivait souvent de passer sa nuit à écrire. Mais depuis quelque temps, les mots se dérobaient, et même lorsqu'ils daignaient s'offrir, ce n'était que pour rendre évidente leur incapacité à nommer l'absolument vide et l'infiniment plein qui cohabitaient en elle.

Confortablement allongée, elle gardait son regard fixe. Sur le mur d'en face, un tableau, peint de main de maître, étalait la glaciale beauté du Groenland.

Après un long moment de silence, Touty se mit à murmurer dans une oreille invisible : « Tu sais, aujourd'hui, j'étais en ville. Je suis même passée par le pont, tu sais, notre pont, notre promenade favorite, à côté de cette grande terrasse. Ah, j'allais oublier ! Je suis passée au magasin, tu sais, le magasin de sport, là où nous achetons nos affaires avant d'aller à la montagne. Je t'ai même acheté des gants et une écharpe, comme la mienne, une laine très douce. Nous devons faire attention à ne pas prendre froid, surtout avec ces tempêtes de neige. Tu vois, la soupe, c'est ce qu'il y a de mieux, une bonne soupe bien chaude, ça revigore… »

Les seules conversations de Touty étaient ces monologues interminables qu'elle tenait mezza voce dans sa chambre. Ses yeux hagards avaient découragé plus d'une voisine prolixe. Lassées de causer pour deux, les commères qui la croisaient avaient d'abord pensé que son mutisme serait de courte durée. Démenties par le temps, elles ne tardèrent pas à se forger leur opinion : Touty était devenue folle.

Son attitude incohérente ne faisait que renforcer ce diagnostic. Avant d'adopter son look de Groenlandaise, Touty s'était déjà muée en parfaite Antillaise. Elle se gavait de morue, écoutait Kassav' à s'en perforer les tympans et balançait de la croupe. En plein hiver, elle s'habillait de froufrous colorés comme, jadis, une dame antillaise invitée au bal de la plantation. Quelques tableaux des îles accordaient son décor à sa tenue. Lorsqu'elle se maquillait dans sa salle de bains, le tableau qui se reflétait dans sa glace lui faisait suspendre ses gestes. Telle une réalisatrice de cinéma, elle opérait un fondu enchaîné qui faisait jaillir de son miroir une plage antillaise. Car, elle le savait, celui qui avait peint ce tableau avait gardé le bleu de l'Océan au fond de ses yeux, marché longuement sur la plage, afin de trouver le meilleur angle pour observer le paysage. Il avait enfin posé ses fesses à même le sable chaud, avant de déballer ses couleurs pour leur demander de raconter à la terre entière une merveille qui n'existait que dans son âme.

À Constance, une amie venue s'enquérir de ses nouvelles et qui lui avait fait une réflexion sur sa tenue, Touty s'était adressée dans un créole approximatif, avant de faire des vrilles au rythme du Zouk Machine en répétant : *Bayo, bayo yo !* Hébétée par le spectacle qui s'offrait à elle, la visiteuse s'était contentée de suivre la danseuse du regard. Amie fidèle, Constance était la seule à n'avoir pas rompu le contact avec celle qu'on n'appelait plus que *la folle*.

Lors d'une autre visite, Constance, qui en poussant la porte s'attendait à retrouver une ambiance antillaise, fut surprise de voir son amie sortir d'une tente dressée au milieu du salon. Au salut interrogateur de Constance, Touty répondit très sérieusement :

— *Alleykoum salam, bibismillah !*

— Mais enfin Touty, dans quel monde t'es-tu encore enfermée ?

— Je suis une Berbère ! lança-t-elle en arrangeant son voile.

Cela faisait plusieurs semaines que Touty se disait marocaine. Tous les soirs, elle déplaçait sa tente, d'une pièce à l'autre, pour imiter la vie nomade des Touaregs. Son estomac s'était habitué au couscous, le thé à la menthe étanchait sa soif, le khôl ravivait son regard. Sur ses mains et ses pieds, le henné dessinait des arabesques aussi sinueuses que celles qu'elle suivait lorsqu'elle se hasardait en ville. Au cours de ses rares escapades, elle serrait contre son cœur une carte postale du Maroc et ignorait ceux qui, bien arrimés sur le plancher des vaches, la traitaient de folle. Les feux rouges et les passages cloutés ne voulaient plus rien dire pour elle. En contournant les immeubles et les platanes, elle se voyait gambader sur le Haut Atlas.

Jusque-là, Touty changeait de monde à sa guise, certains se moquaient d'elle gentiment, d'autres l'ignoraient mais personne ne l'importunait. Les choses se gâtèrent le jour où on la vit sur les bords du Rhin, habillée d'une combinaison de plongée et munie d'un scaphandre.

— Je veux aller voir les sirènes sous l'eau, expliqua-t-elle sans ciller aux gendarmes alertés par des riverains.

On la fit interner de longs mois dans un asile malgré les protestations de Constance, qui soutenait devant qui voulait l'entendre que son amie n'était pas folle, mais juste un peu dérangée. On lui avait rétorqué que la ci-devant Berbère se prenait maintenant pour le commandant Cousteau. Ulcérée par la décision et triste de voir l'état de Touty empirer, Constance se consola en pensant que le séjour à l'asile serait peut-être profitable à son amie. Si Touty restait impassible, elle attendait avec impatience les visites hebdomadaires de Constance. Alors que son séjour à l'asile tirait à sa fin, celle-ci lui apporta du courrier. Tremblante, Touty arracha l'enveloppe et vit la carte postale.

— Nous sommes à Kinshasa ! Je suis africaine ! hurla-t-elle à Constance consternée.

— Touty, arrête ton délire, sinon ils ne te laisseront jamais sortir d'ici.

Dès sa sortie de l'asile, Touty se laissa dériver vers les deux rives du Congo. Son regard survolait tout et dardait sur Kinshasa. Pourtant, de cette ville lointaine, elle ne savait que ce que PPDA avait bien voulu en dire : la dictature de Mobutu, l'assassinat de Kabila et le fauteuil présidentiel devenu héréditaire, un trône cerné par une armée de Ravaillac. Grâce à la programmation d'Arte, Touty se délecta d'un documentaire sur cette ville qui, désormais, prit la forme de son cœur. Le soir, mélangeant indifféremment des ingrédients censés venir d'Afrique, elle ingurgitait sa mixture dans son salon où résonnait la voix de Papa Wemba. Pour digérer, elle exécutait quelques mouvements désaccordés, qu'elle baptisait solennellement ndombolo ou mapuka, des danses populaires à Kinshasa. Elle s'endormait en se racontant une joyeuse promenade dans le quartier de Matongué. Elle occupait sa journée à parfaire sa métamorphose. Rue de la Course, outre l'igname et l'huile de palme, elle avait acheté des masques pour africaniser ses murs, ainsi que de nombreuses tenues bien colorées. Lorsqu'elle avait enfilé ces habits, semblables à des déguisements de mardi gras, Touty se dandinait, les fesses projetées en arrière mimant l'allure des femmes cambrées que l'on peut rencontrer dans les rues de Kinshasa. Les morsures de l'hiver ne changèrent rien à son nouveau style vestimentaire. Constance avait fini par admettre la folie de son amie, car pour renouveler son stock de produits africains, Touty n'hésitait pas à braver le froid. En tenue tropicale, elle pataugeait dans la neige boueuse chaussée de simples claquettes. Déterminée, Touty se réchauffait de tout ce que l'hiver ne peut geler en nous.

Un soir, alors que la ville se camouflait dans l'obscurité précoce de l'hiver, la sonnette interrompit Touty qui terminait son assiette d'igname. Quelques minutes plus tard, deux gros sacs barraient le couloir. Deux ombres, qui tantôt se rapprochaient, tantôt s'éloignaient, se découpaient sur les murs immaculés, imitant des tableaux à l'encre de Chine. Ce soir-là, la voisine curieuse, qui aimait observer de loin les fenêtres de Touty, vit ses lumières s'éteindre de bonne heure.

Le lendemain matin, alors que la mousse à raser embaumait encore la salle de bains, deux tasses de café se faisaient face sur la table de la cuisine. Magique, la voix de Renaud répandait le *Mistral gagnant* dans l'appartement. Touty fredonnait : « *À m'asseoir sur un banc, cinq minutes avec toi / Et regarder les gens tant qu'y en a… / Et entendre ton rire qui lézarde les murs / Qui sait surtout guérir mes blessures…* »

La magie de cette chanson transportait Touty dans le sillage de son enfance. Mais, dans ses rêves éveillés, elle entendait son prince lui murmurer les mêmes paroles, ses yeux en devenaient des îles flottantes. Une raison d'aimer la vie, et ce matin-là plus que jamais.

Gants et bottes en cuir, un châle rouge, un ensemble du meilleur goût sous une fourrure délicate, Touty rayonnait. Un soleil timide paré de nuages jetait à peine son regard sur la neige, lorsque deux couples, qui avaient l'air de bien se connaître, échangèrent quelques amabilités au seuil d'une librairie du centre-ville.

— Ça alors ! dit l'homme qui s'éloignait avec son épouse.

— Oh oui ! C'est elle, c'est bien notre voisine, affirma la femme, on dirait qu'elle a retrouvé sa raison, en tout cas elle a au moins adopté une tenue de saison, et c'est déjà pas mal.

— C'est vraiment étonnant, dès que son homme rentre de voyage, elle redevient normale.

Tous les voisins firent le même constat. Constance se contenta de savourer la complicité retrouvée avec son amie. Cependant, habitée par une légère inquiétude, elle compta quelques semaines sans crise avant de se rassurer.

Un matin, après avoir accompagné à l'aéroport son chéri qui partait pour Addis-Abeba, Touty revint chez elle avec un magazine qui affichait : *Tout sur l'Éthiopie !* Le soir, Constance, venue lui montrer le résultat de son dernier shopping de bourgeoise désœuvrée, s'entendit accueillir en ces termes :

— On n'aime pas ça chez nous en Éthiopie !

— Touty, qu'est-ce qui t'arrive encore ? Ne me dis pas que tu perds à nouveau la tête.

Ceux qui voyaient en Touty une folle marchaient simplement sur la route de l'évidence et ignoraient tout de la ligne invisible qu'elle suivait. En effet, son chaos apparent s'articulait autour d'une logique qu'elle était la seule à posséder.

L'homme qu'elle adorait était un baroudeur. Dès leur rencontre, il s'était défini comme un aventurier. Touty avait proposé des arrangements, une petite organisation du temps par exemple, car traverser la vie à deux, disait-elle, est la plus belle des aventures. Mais, intraitable, le globe-trotter avait rétorqué sec : « Pourquoi veux-tu me changer, à mon âge ? J'ai toujours été comme ça moi, ce n'est pas maintenant que je vais changer. Il faut m'aimer comme je suis, je veux rester libre. »

Les flèches de Cupidon avaient crevé les yeux de Touty. Derrière le voile de l'amour, on voit avec sa peau. Les caresses de minuit, les baisers du matin, le sourire taquin et, surtout, les yeux du baroudeur où Yves Klein a trempé son pinceau, valaient pour Touty plus que des arrangements impossibles.

L'aventurier demeurait prisonnier de son idée de la liberté. Une liberté qu'il partait chercher au bout du monde alors qu'elle était tapie en lui et ne demandait qu'à naître de l'acceptation de soi, de ses propres sentiments. Aventurier sur terre et mer, il l'était aussi dans sa vie amoureuse et ne voulait pas se sentir lié à une femme. Au grand dam de Touty, il se disait libre de rencontrer qui il voulait, au gré des circonstances. Il ne savait pas que ce qui n'appartient à personne appartient à tout le monde. Touty aurait voulu abattre une dernière carte en lui assénant une phrase du style : « Un esclave qui change souvent de maître n'est pas plus libre que celui qui en a un seul. » Mais l'amour avait mangé ses mots et mué son courage en résignation. Désarmée, elle fit ce que l'impuissance nous dicte dans ce cas-là, des concessions. Elle accepta même les plus terribles d'entre elles : laisser partir et attendre l'être aimé.

Seule, elle ruminait, murmurait : « Parce que le monde t'appelle, mon cœur restera joyeux de ta douloureuse absence. Sur les chemins tortueux, toutes les plantes vertes te diront ma présence. Dans la blancheur laiteuse de ton sillage, les bulles d'écume te rappelleront les perles sur mes joues. Au sommet des montagnes pudiques, les rochers se voileront de neige pour ne pas te laisser voir leurs crevasses remplies d'absence. Lorsque les vallées, gonflées du bonheur de ton passage, te feront admirer toutes leurs courbes, lorsque dans le désert ou sur la mer tu oublieras jusqu'au but de ton voyage, mon ombre surgira de tes pas pour te raconter les deux saisons de ma vie : ton absence et ta présence. »

Ce monologue, Touty se l'était forgé au temps où sa volonté obéissait à sa raison. Les années s'étaient succédé, entrecoupées par les nombreux voyages de l'aventurier. Elle l'imaginait au bout du monde, seul, fatigué et triste ou en train de se faire cajoler par une autochtone. Cette pensée bouleversa sa vie. La jalousie décupla son imagination.

D'abord cloîtrée et passive, elle fut soudain saisie d'une frénésie et se mit à répéter cette litanie : « Tu les regarderas, mais c'est moi que tu verras. Tu les effeuilleras, mais c'est mon parfum que tu sentiras. Les yeux fermés sous leurs caresses, tu devineras mes mains. À l'instant fatidique, c'est mon nom que tu murmureras. Je suis dans chaque femme du bout du monde qui t'ouvrira ses bras. »

C'est ainsi que commencèrent les métamorphoses de Touty, qui la faisaient passer pour folle. Chacune d'entre elles correspondait à un voyage de son aventurier. Elle avait décidé d'incarner, à elle seule, toutes les femmes susceptibles de croiser le chemin de son aimé. Sa folie était le bateau qui la faisait voguer sur la mer de l'amour, vers tous les ports du monde qu'illuminait le regard bleu de son chéri. Tous ceux qui riaient à son passage cachaient leur propre angoisse. Car, si Touty avait sa folie pour éviter de se noyer dans la réalité, le commun des mortels cherche toujours son radeau dans l'Océan de la vie.

Le bleu de la Roya

Un matin : douceur et légèreté de duvet ou poids du sort écrasant les épaules ? Celui qui tient le sablier dispose sûrement de sa propre balance pour les charges qu'il inflige à ses mules, mais toutes guettent la voûte du ciel, espérant sa clémence.

Encore un matin pour Samira ! Cette gazelle n'avait rien d'une mule, mais son Seigneur avait décidé que son échine devait supporter les Alpes par-dessus l'Atlas. Alors, Samira tenait comme elle le pouvait. Comme les jours précédents, elle s'était levée dès potron-minet, tenaillée par le mal de mer. Après avoir remonté la couverture sur le frêle corps de Leïla, sa fille qui partageait sa couche, elle ouvrit grand la fenêtre, inspira profondément et s'accouda, le visage calé entre les paumes. Soudain, elle réprima un sourire : *Dormir comme un bébé*, pensa-t-elle, c'est dormir comme chez soi, comme un prince ou, peut-être, comme un fou. Le fou est hors d'atteinte des tourments, car trop intelligent pour s'encombrer de questions existentielles. Einstein jalousait-il la paix des idiots ? Samira donna sa langue au chat qui miaula en contrebas de la fenêtre.

Encore un matin, où certaines évidences torturent qui les saisit ! Samira avait tout perdu, mais pas la raison qui la condamnait à sans cesse évaluer, soupeser, éprouver son sort. À quand remontait sa dernière nuit paisible ? Elle n'aurait su le dire. Comme tous ses beaux souvenirs, son sommeil se perdait parmi les débris d'une autre vie, d'un autre pays, d'un autre continent. Comment se passerait cette nouvelle journée, loin de tous ses repères ? Pour l'instant, Samira l'ignorait. En revanche, elle était certaine que ce ne serait pas la dernière fois que la houle écourterait sa nuit. Quel médecin, quel guérisseur, quel médicament, quel talisman pouvait la débarrasser de ce tenace mal de mer ? Dans sa mémoire ronronnait toujours un moteur, les vagues claquaient d'immenses gifles à la proue de ce bateau qui n'en finissait plus de la ballotter, avec sa fille et quelques dizaines de leurs semblables, de la côte libyenne au rivage italien. Et cette vieille coque qui grinçait, craquait, couinait, calamiteuse, résisterait-elle aux coups de boutoir de la mort à leurs trousses ? Et ces satanées bourrasques qui soulevaient des trombes d'eau, les déversaient sur tout l'équipage ! De quoi voulaient-elles encore la purifier en aspergeant toutes ses nuits ? Comment s'attarder dans les bras de Morphée, quand la jalouse Méditerranée secouait ses draps, les tirait sous ses fesses sans nul égard ? Tout ce bleu dans ses yeux marron, Samira n'en pouvait plus de le voir déborder de ses nuits, elle en jetait au ciel de chaque aube.

Sa nature timide ne l'incitait pas aux confidences et les nombreuses haies linguistiques qui entrecoupaient ses phrases ajoutaient à sa pudeur ; mais quand, évoquant l'actualité avec leurs amis, ses hôtes parlaient des *réfugiés*, Samira rectifiait mentalement : *survivants*, se disait-elle. Pour elle qui avait échappé aux bombes – ces bombes qui ne distinguaient pas les coupables de leurs victimes –, puis traversé l'Océan, persuadée de parcourir sa dernière demeure, le mot *survivant* semblait plus juste. Un film défilait dans sa tête :

Buon giorno ! Samira se souvenait de tout, jusqu'au timbre de cette voix, aussi grave que rassurante. C'était bien celle d'un citoyen de l'espace Schengen, précisément, compatriote de Caruso, et même si, ce matin-là, son opéra ne comptait que deux vers : *dammi la mano / afferra la mia mano !* (donne-moi la main / attrape ma main !), ce fut suffisant pour chasser la mort de Lampedusa. Samira s'était précipitée vers l'ange surgi de la Méditerranée. Quelle dame ne se serait pas jetée dans les bras de Gabriel, qui hissait les morts-vivants hors de leur stèle aquatique pour les déposer au paradis ? *Buon giorno !* sa vie durant, Samira s'en souviendrait. Ce matin là, les filets vides, la faucheuse était partie penaude. Qu'elle aille mordre la poussière dans le Grand Canyon, où certains rêvent de jeter des Mexicains ! Cette ogresse jamais repue s'en prend aux réfugiés, alors qu'il existe assez de despotes pour la gaver, des siècles et des siècles ! Si l'Omnipotent aime toutes Ses créatures, pourquoi laisse-t-Il les loups face aux agneaux ? se demandait Samira, comptant ses morts, là-bas, dans sa Libye saccagée. *Astaghfirullah !* se repentait-elle aussitôt que cette pensée lui traversait l'esprit. Les prévenus n'insultent pas le juge auquel ils réclament clémence ! Alors, *Astaghfirullah*, la durée d'un chapelet !

Lorsque Samira avait débarqué, trempée, affamée, transie de froid mais entière, elle avait embrassé le sol et remercié abondamment son Seigneur, *Allah, Ar-Rahman*, le Très-Miséricordieux. Elle n'avait plus rien à Lui demander, crut-elle, elle et sa fille étant sorties indemnes de la furie des eaux. Maintenant, arrimée au plancher des vaches, sa tête bruissait de doléances. Après un tortueux périple jusqu'à Vintimille, son premier acte de courage en terre européenne, Samira avait bénéficié d'une assistance inespérée pour traverser la frontière et pour se loger. Cependant, son Seigneur lui devait encore beaucoup, s'Il voulait la tirer de l'incertitude. Le statut de réfugié, Samira le désirait, le demandait, l'espérait en France, où les enfants nés à son arrivée savaient déjà prononcer *chimère*. Samira, elle, répétait *inch'Allah*, mais Allah faisait ce qu'Il voulait. Si les dattiers donnent des fruits au désert, se confortait Samira, *inch'Allah*, son espoir finirait par fleurir sur les roches de la Roya.

Cette patience que le Seigneur impose aux humains, c'est elle qui vide les églises et les mosquées ! Perdu en route, le Messie nous arrivera grabataire ! L'immortelle Samira lui prêtera ses guiboles pour guider son troupeau d'assoiffés à l'oasis.

Encore un stupide matin, inassouvi ! Qu'on mette donc du beurre aux lèvres gercées des assoiffés ! Samira fanait les siennes en prières. Et puis, toutes ces lois qui sèchent la gorge ! Pourtant, qui ignore la valeur de ces arides matins n'a qu'à demander aux rescapés de la Méditerranée. Abrités sous de résistants toits dans la vallée de la Roya, les réfugiés comptent les jours en galets, mais tous puisent la force de vivre dans l'amour qui les accueille. Mais qu'est-ce qu'une loi sait de l'amour, elle qui décharge celui qui l'applique de responsabilité individuelle ? *C'est la loi ! Mais c'est la loi !* beuglera toujours Blaise, caché derrière son petit doigt, plus consistant que son procès-verbal. Le Seigneur dans Sa grande prodigalité a doté certains cerveaux d'un bouton *pause*. Mais même Samira, qui aurait voulu dormir un peu plus, n'enviait pas un tel don. *Qu'Allah, Al-Aziz, le Tout-Puissant, nous préserve*, murmurait-elle, tremblante, dès qu'elle pensait aux forces de l'ordre.

Encore un matin de vœux pieux ! Comme les précédents, ils feraient une nouvelle bosse aux Alpes. Cette patience dans laquelle le propriétaire des cieux maintient les humains, n'est-ce pas ce que les croyants appellent l'enfer, à moins que ce ne soit le purgatoire ? Le Seigneur a-t-il envoyé sa générosité dans un paradis fiscal ? *Astaghfirullah*, Voltaire ne l'aurait pas dit, Omar Khayyâm buvait trop pour s'en souvenir et Nietzsche a déclaré le décès divin à Lou Andreas-Salomé, afin qu'elle n'aimât que lui. Samira était veuve, à part sa fille qui comptait sur elle, ne lui restait que l'amour de Dieu, qu'elle guettait à la fenêtre. Attraper son esprit au lasso, aspirer la vie par tous les pores, voilà ce que Samira souhaitait, mais ses songes l'évaporaient. Toujours les mêmes songes : cette maréchaussée qui venait, revenait, lambinait, interrogeait, réitérait ! Ces lynx qui arrivaient toujours par paire, fouillaient, furetaient, reniflaient le délit même dans les cheveux des enfants qui jouaient dans la cour; quel vent mauvais les rabattait vers cette demeure où ne vivaient que de braves gens ? Les boucles noires de sa fille, Samira aurait voulu les éclaircir, les défriser, avant que leur ondoiement significatif ne dessinât la Cyrénaïque aux pandores. Samira se souvenait de sa frayeur, le jour où, derrière la porte, elle avait entendu l'un des policiers qui tannaient le berger dire plusieurs fois *Caïros.* Elle avait failli défaillir, persuadée que les hommes en bleu envisageaient de l'expédier au Caire, où elle n'avait jamais mis les pieds, avec ou sans henné. Ses hôtes avaient dû la conduire jusqu'au vallon de Caïros, afin qu'elle jetât elle-même ses doutes aux truites de la rivière. Vivre dans un pays dont on ne maîtrise pas la langue, c'est un exil dans l'exil. Deviner, supposer ce qui se dit à votre propos décuple le malaise et la vulnérabilité. Dans un tel contexte, l'étranger lit dans le regard de son hôte autant que l'orphelin dans celui de son tuteur, jusqu'à ce que le temps le rassérène.

Encore un matin aux paupières lourdes ! Samira soupira, l'un de ces longs soupirs qu'elle réitéra, à intervalles réguliers, sans bouger de son perchoir.

Quel étau invisible comprimait sa poitrine ? Même dans l'incandescence de son désert natal, elle ne suffoquait pas autant. Ce matin-là, cramponnée à la fenêtre, Samira ne s'inquiétait pas de sa demande d'asile comme à l'accoutumée, mais du sort de celui qui l'hébergeait. Ce jour-là, un berger de la Roya devait se présenter au tribunal de Nice. Celui-là même qui l'avait sauvée, avec sa fille, de la faim et du froid à la frontière italienne, se trouvait menacé par la justice de son pays !

Article L622 : Tu n'accueilleras pas ton prochain ! À quelle balance a-t-on pesé ces lois incriminant le secours, dans ce pays où Descartes a prétendu que *le bon sens est la chose du monde la mieux partagée* ? Il est vrai que le perspicace Descartes a précisé que *les plus difficiles à contenter en toute autre chose n'ont point coutume d'en désirer plus qu'ils en ont* (de bon sens), cela modère toute espérance fondée sur l'éventuel changement d'avis d'autrui, surtout s'il est accusateur. Si les hommes de loi sont de ceux qui se suffisent de leur seule jugeote, quelle plaidoirie pourrait tirer le berger des griffes de Dame Justice ?

Samira s'étira, enchaîna quelques bâillements, se frotta les yeux et scruta l'horizon encore charbonneux, qui lui renvoyait ses points d'interrogation à la figure. À quoi sert la lumière, quand il n'y a qu'une broussaille de questions à voir ? Le berger rentrerait-il dormir chez lui ? Irait-il en prison ? Pourquoi tourmentait-on cet homme ? Lui n'a trucidé personne, comme ces seigneurs du chaos qu'elle avait vus là-bas, derrière l'Atlas, sabre au poing, ivres de sang, sourds aux reproches du monde. Ce berger, lui, est homme de paix, il n'ôte rien à personne, il n'a jamais payé ses vacances avec de l'argent piqué aux contribuables et ne donne que ce qui lui appartient : son cœur qui dégèle les Alpes. Pourquoi l'attraire devant un tribunal, quand ceux qui ont quelque chose à dire aux juges ont quartier libre pour traîner leurs casseroles de messe en meeting et pérorer démocratie à la télévision ? Si la bonté n'est pas un crime, que reprochait-on à ce berger ? Peut-être le fait qu'il ne mangeait pas du pain de cette braillarde qui détrousse le Parlement européen tout en dénonçant son existence ? Samira n'avait pas le droit de vote en France ni le courage d'aller, sans papiers, au procès de son bienfaiteur, alors, elle abusait de son droit de gamberger : si la justice française s'en prenait à cet homme, parce qu'il secourait des humains, elle qui n'avait que bobos et trémolos à faire valoir, que pouvait-elle espérer de ce pays ?

Encore un de ces matins esseulés, où l'exil révèle à l'adulte qu'il a toujours peur loin de sa mère ! Les yeux de Samira flottaient sur le voile de brume qui survolait les oliviers, comme hésitant à se poser sur les rocs. Cime de l'Agnel ou du diable ? Où donc pouvait-elle se jucher pour mieux déchiffrer l'augure inscrit dans les entrelacs des nuages qui roulaient des turbans aux Alpes ? Si l'aiguille du Midi tricotait bien la laine du ciel, les pèlerins venus du soleil n'auraient pas si froid en France. Comme si le poids du cœur ne lestait pas assez, le froid fige les mollets dans le béton des matins d'exil. Samira traîna les siens jusqu'au lit, saisit une écharpe, se l'enroula autour du cou, observa sa fille tel un yogi méditant devant Bouddha, puis reprit sa position favorite, au même endroit. Si Samira ne racontait pas à sa petite Leïla des histoires de princes enlevant des princesses berbères à travers le désert, à dos de chameau, on aurait juré qu'elle tenait du mime Marceau son art de se mouvoir sans provoquer le moindre courant d'air. Se poster à la fenêtre et laisser son regard errer des heures, c'était son rituel païen, son hommage au teinturier qui lave le firmament. Mais, tout de même, il devait exister une autre bonne raison pour justifier cette façon qu'elle avait de faire le flamant rose, de malmener ses jambes devant cette fenêtre jusqu'à l'ankylose. Cette manie de sentinelle, alors qu'elle n'assurait nulle faction pour Vigipirate et n'était pas soldate Esther, en guêtres dans un kibboutz ! Était-ce une manière de se confiner, afin de préserver le sommeil de ses hôtes, ou la délicate astuce pour leur cacher ses mauvaises nuits ? À moins que le naufrage sans cesse répété dans ses cauchemars n'eût gravé en elle l'irrépressible besoin de vérifier, encore et encore, sa présence sur la terre ferme. *Je suis en Europe*, murmura-t-elle, comme si la voix de la mamie en chignon, dont le portrait jaunissait au mur, allait jaillir d'outre-tombe et valider le constat du miracle. *Je suis en France, avec ma fille*, *Al-Hamdoulillah*, *louange à Allah !* soupira-t-elle, *Inch'Allah, le statut de refudieu suivra*. Et même si sa mauvaise prononciation de *réfugiée* annonçait le contraire, Samira s'en remettait à la grâce divine, car elle l'avait déjà vue à l'œuvre à Lampedusa, puis à la frontière.

Encore un matin en Europe, matin d'expectative ! Samira humait le parfum d'herbes qui flottait dans l'air, comme un vieux Chinois aspire de sa pipe des bouffées d'opium et de minutes, doucement, patiemment. Cette exilée accueillant le jour en lieu sûr aurait été heureuse si son esprit avait cessé de courir dans tous les sens et de lui rapporter des poignées de soucis. *Ici; et maintenant ?* marmonna Samira, le regard dévalant la vallée. Celui qui tient le sablier, lui aussi, a sûrement un sabre pour ainsi diviser l'âme humaine. Une ravine de la Roya traversait le cœur de Samira, charriant une anxieuse reconnaissance. Certes, la Libyenne était sauve, mais elle se serait sentie mieux si sa vie n'avait pas été suspendue aux décisions administratives qui gardaient ses nerfs sous la tyrannie d'émotions contradictoires. À sa joie de respirer au chaud, s'ajoutait la sincère tristesse de voir son hôte en peine. Après la perplexité, c'était maintenant une forme de culpabilité qui l'assaillait : si cet homme ne l'avait pas aidée, elle et tant d'autres dans la même situation, il n'aurait pas subi tous ces désagréments. Même croyante et pratiquante, Samira, depuis quelque temps, interrogeait son Créateur : toutes les religions louent la clémence divine, comment se fait-il que ceux qui dédient de somptueux lieux au culte créent d'impitoyables lois faisant de l'hospitalité un délit ? Qu'en est-il de la charité prônée par tous les livres saints ? Où va l'humain, quand la solidarité mène au tribunal ? La non-assistance à personne en danger, normalement punie par la loi, est-elle devenue la nouvelle vertu encouragée par le législateur ? Samira se sentait mal, car si l'assistance qu'elle avait reçue punissait son bienfaiteur devant la loi, cela ferait d'elle non plus une simple bénéficiaire mais bien une complice de la faute. Et le berger qui avait tant fait pour les autres, oubliant même de se préserver, qui l'aiderait, lui ? *Il faut tout laisser entre les mains d'Allah, Il fera le mieux pour lui et pour nous tous*, considéra Samira. Comme pour s'en convaincre, elle se mit à psalmodier : *Inch'Allah, Ar-Raûf, si Allah le Très-Clément le veut, il sera libéré. Et moi, inch'Allah, Al-Wahhâb, si le Donateur suprême le veut, un jour, j'obtiendrai le papier pour rester en France avec ma fille, inch'Allah…* Samira mâchait, mâchouillait, murmurait sa litanie, comme un parieur compulsif postillonne son vœu enfantin en comptant sa nouvelle mise.

Est-ce au blackjack que les dirigeants européens décident de la vie des réfugiés, pour perdre tant de crédit aux yeux du monde ? Les réfugiés sont traités en boules de billard ! Pas chez moi ! Poussez-les chez le voisin ! Sinon, qu'ils aillent faire les derviches tourneurs en Turquie ! Que de tergiversations ! Si la *Mutti* Angela Merkel ne s'était pas risquée à la baguette, ce serait l'hymne au malheur ! L'asile, accordé à contrecœur, se gagne à l'usure et mène les requérants plus sûrement au désespoir qu'à la paix d'un digne asile.

Encore un matin d'impuissance, où le refus de l'indifférence réduit à pincer les lézards ! Samira restait immobile, son esprit partait ramasser du bois : les sauriens urbains retourneront-ils bientôt dans la jungle, à l'école des bonobos ? Eux n'abandonnent pas les leurs. Embarquant depuis les rives de sa détresse, sur quoi mise un demandeur d'asile, si ce n'est sur l'autre humain ? Car, ici comme ailleurs, l'humain n'a pas mieux qu'une main tendue à gagner. Hélas, on en trouvera toujours des bipèdes qui s'attribuent des prés, sans avoir la sagesse des ruminants, qui s'accommodent de la diversité de leurs robes et ne se disputent pas des pâquis. Si Samira n'avait pas craint la lame du boucher, elle aurait envié la bovinocratie qui n'est pas plus absurde que certaines dispositions de notre sainte démocratie.

Non, vous ne pouvez pas les accueillir ! Vous n'avez pas le droit de les héberger ! Bla-bla-bla… Et bam, tombe le couperet. *Mais c'est la loi !* Calmez-vous, Blaise, arrêtez les *meuh*, même ce bruit d'étable, les vaches de la Roya le font mieux que vous ! Allez, buvez une bonbonne de rouge, avec le bleu de vos yeux, vous virerez mauve et parlerez moins bête aux enfants d'Ève, donc un peu plus fraternellement ! Ah, cette sinistre manie d'oublier le troisième terme de notre devise ! L'Alzheimer, certains naissent avec ! Blaise, nous compatissons, oubliez donc votre honteuse loi et mangez votre procès-verbal, à défaut de luzerne. Sachez que l'humanité n'a jamais eu besoin de paperasse pour se présenter à elle-même ; pourquoi en aurait-elle besoin pour être reçue, alors qu'elle est partout chez elle ? Les vaches, qui dandinent leur aisance sur tous les hémisphères, seraient-elles plus libres que ceux qui les font paître ? *Mais c'est la loi !* Chut, Blaise, suffit, les *meuh*, les veaux risquent de vous suivre dans les ronces ! Le regretté Coluche nous observe, depuis sa cachette ; avec vous, il tient un sketch à faire rire jaune Eugène Delacroix, qui peint encore des Maghrébins. Savez-vous, Blaise, combien d'amour il fallait à Delacroix pour rendre l'humain inaltérable par le sceau de l'art ? Sûrement plus qu'il n'en faut aux persécuteurs.

Samira se réveillait dans la vallée de la Roya, parce que la volonté humaine est plus forte que le destin qui voulait la Libyenne perdante. Comme tant d'autres de ses compagnons d'infortune, elle avait gagné des frères ; des frères combatifs comme le berger, qui bravaient la nuit, les frontières et les iniques lois, pour rendre leur souffle aux naufragés. Désobéissance civile ! Parce que la dignité humaine est la loi qui valide toutes les autres, elle ne se soumet à aucune d'elles ! Désobéissance civile ! Quand certains rugissent *Papiers ?*, les bergers de la Roya chantent *Bienvenue* au cheptel divin. Car, là-bas, à la Roya, c'est la pierre des maisons qui est dure pour résister aux tempêtes, pas le cœur des hommes, duvet des réfugiés depuis que les Alpes pointent le ciel. Le savon ne se lave pas tout seul, dit le sage sénégalais Kocc Barma. Donnons-lui raison ! À se lustrer lui-même, l'honneur pourrait se souiller. Alors, le berger qui a sauvé Samira ne vous dira pas d'où lui vient sa grandeur, les vrais héros sont toujours modestes. Aussi, laissez-moi vous rapporter, en troubadour, ce que j'ai appris de son pays du Mercantour, tout comme la Libyenne ! Si Samira avait pu témoigner au tribunal de Nice, voici ce qu'elle aurait déclaré :

Un matin, chez ce berger-là ? C'est un lumineux matin, où l'accueil vous rend ce que l'exil vous a pris : un foyer sécurisant. À la Roya, Monsieur le juge, les hommes s'attaquent aux Alpes pour se hisser à la hauteur de l'honneur de leurs aïeuls ! Là-bas, à la Roya, les ancêtres cultivaient l'accueil dans leurs coteaux où la dignité humaine, fuyant tous les cataclysmes, venait trouver un refuge à sa hauteur. Qui peut demander à ces hommes-là de se mettre à genoux ? Même les vaches et les brebis ne les connaissent que debout ! Jugez-en, Monsieur le juge ! Là-bas, à la Roya, ils n'ont pas peur des avalanches, car la solidarité des montagnards n'abandonne personne dans une crevasse. Tout procédurier qui exige d'eux l'indifférence face à l'étranger en péril ferait mieux d'aller se dégeler dans les calanques ! À la Roya, ils ne revendiquent pas que le Gaulois, mais bien la fratrie qui l'inclut. Là-bas, à la Roya, l'humanisme fait loi, depuis que les loups harcèlent l'espèce d'Adam. Les juifs, fuyant les injustes, y furent en paix pendant que le fiancé d'Eva Braun tourmentait le monde. Les Italiens, chassés par le fascisme, n'eurent qu'à traverser la frontière pour trouver l'apaisement et l'âtre chaud. Là-bas, à la Roya, le berger soigne ses bêtes, parce qu'il excelle à guérir l'humain. Dans la vallée de la Roya, aujourd'hui encore, les cœurs ardents chassent les ténèbres. Ces fils-là de Marianne n'attendent pas les caméras pour penser bien et ne se contentent pas de parler des

Lumières pour la seule vanité de la princesse Europe. Non, ils les ravivent, devant leurs vaches qui n'iront pas à la Sorbonne, et les portent à tous leurs frères !

À la Roya, caressant sa Leïla, Samira remerciait, admirait ceux qui embellissent l'identité nationale française. Où que la vie la porte désormais, elle se souviendrait d'eux et, parce qu'elle serait l'une des leurs jusqu'au dernier souffle, elle garderait ses bras toujours ouverts à qui en aurait besoin, comme ils le font là-bas, au pays du berger résistant.

Encore un matin où le corps réclame une remorque pour atteindre la salle de bains ! Les pensées de Samira survolaient la vallée, lui revenaient, tombaient devant la fenêtre tels des oiseaux foudroyés. Le soleil s'était levé, mais ne parvenait pas à disperser l'angoisse qui la gardait en alerte. Comment se passerait la journée ? Un bruit de voiture s'éloigna. Le berger sortirait-il libre du tribunal de Nice ? Quelle était l'heure exacte de son audience ? Samira priait pour que son Seigneur inspirât clémence aux juges. *Amen.* Elle attendrait son retour, essaierait d'afficher un visage moins maussade. Veuve et, de surcroît, réfugiée, imaginez-la un peu, lâchant la bride à ses états d'âme ! Non, assurément, une telle mine de chien battu ne réconforterait personne. Le berger méritait mieux. Afin de se montrer digne des efforts consentis pour elle, Samira voulait sourire à chaque jour, cueillir le trèfle et savourer tous les jolis moments de fraternité. Sa joie, ici et maintenant, c'est le cadeau qu'elle aurait aimé offrir à ses hôtes en signe de gratitude. Tous les matins, dès qu'elle ouvrait la fenêtre, la tramontane lui soufflait *Carpe diem !* Mais Samira, encore assourdie par le fracas des bombes et le grondement de la Méditerranée, ignorait comment cuire les carpes de Ronsard hors de son four libyen. Elle ne savait pas non plus comment jouer de la darbouka pour les pirouettes de ses chimères européennes. Qu'importe, comme tout demandeur d'asile obligé de danser en file indienne des heures incalculables devant toutes sortes de bureaux, Samira s'entraînerait ! Car, outre le café, les matins d'exil réclament des djembés et des pélinguères, du ram-tam-pitam pour encourager le battement du cœur. Samira priait ; si chaque fois qu'elle disait *inch'Allah* une pierre de la Roya s'était muée en lingot d'or, elle serait devenue plus riche que Bill Gates ; elle aurait alors payé une kyrielle d'avocats pour le berger. Ce miracle, Samira l'espérait peut-être secrètement et ne pouvait s'empêcher d'égrener les *Inch'Allah*.

Les vaches qui broutaient face à sa fenêtre disaient *amen*, mais, si elle comptait sur l'ouïe du Seigneur, elle pouvait frapper douze fois douze djoundjoungs ou trouver un tambour major et lui demander le meilleur contrepoint au blues. Quelle clémente mélodie aurait pu cajoler Samira, la réfugiée ? C'est certain, le silence qu'elle redoutait à l'aube, nous y passerons la nuit des millions d'années. En attendant, Samira chancelait en terre européenne et, quand elle était seule, tôt le matin, son cœur descendait les Alpes en rappel. Peut-être qu'un jour un bout de papier stabiliserait son pas, et la joie de vivre dévoilerait plus souvent ces perles qui scintillaient dans sa bouche lorsqu'un timide sourire lui échappait.

Encore un matin aux lèvres pincées ! Samira semblait hypnotisée par les nuages qui se pourchassaient au-dessus de la Roya, se superposaient, épaississant les mystères du destin que le ciel ne voulait toujours pas dévoiler. Le berger rentrerait-il dormir chez lui ? Irait-il en prison ? Sans lui, qui l'aiderait alors qu'elle n'avait toujours pas de réponse à sa demande d'asile ? *Hey, Allah !* se plaignit-elle, *cette grosse calebasse de cristal bleu renversée au-dessus de nos têtes et personne n'y voit rien* ; *où est-elle, Ta clémence, elle nous attend dans la tombe ? Astaghfirullah !* Plus le soleil s'élevait, plus le sentiment de révolte grandissait en Samira. Si l'occasion lui avait été donnée de rencontrer Teddy Riner, elle lui aurait demandé comment l'on s'y prend pour mettre *ippon* ou *waza-ari* aux soucis qui poursuivent l'humain. Le petit déjeuner, Samira poussait, repoussait le moment autant qu'elle le pouvait, une façon de retarder l'instant de ce malaise qu'elle éprouvait à profiter de tout sans rien apporter, sinon sa simple gratitude et sa modeste participation aux tâches domestiques. La projection étant impossible, les souvenirs se bousculaient dans sa tête. Lorsque le sourire de Karim, son époux, illuminait ses jours, elle aimait cuisiner, couscous, tajine, loukoum, sans mesure, si bien que son derrière menaçait de prendre son indépendance. Maintenant que son fessier faisait mal aux chaises, elle se disait que la guerre, les multiples deuils et l'exil lui avaient rendu l'allure de gazelle de son adolescence, mais sans l'innocence qui allait avec. Certaines font des régimes, soucieuses seulement de la taille de leurs hanches, quand d'autres ont leur cœur à délester du poids du monde. *Ma parole, la balance du Seigneur est détraquée !* maugréa Samira, et, cette fois, elle n'ajouta pas le moindre *Astaghfirullah*. Le Seigneur viendrait-Il à son secours ? Elle n'en savait plus rien du tout.

Ces jours enlisés, où même les croyants en arrivent à désespérer de la providence divine, que reste-t-il, sinon ceux que Dieu a, paraît-il, créés à son image ? Abandonnerons-nous Samira et ses semblables, quand le berger de la Roya et tous ceux qui agissent comme lui nous prouvent qu'il est parfaitement possible de rester debout dans la cordée humaine ?

Encore un matin sur le dos des mules ! À la Roya, fenêtre ouverte sur les Alpes, Samira arrachait des herbes folles dans sa tête. La cordée humaine renoncerait-elle ou tenterait-elle de porter ses valeurs au sommet ? Soudain, une bouche qui n'avait encore nulle requête à formuler à l'intention du Seigneur sollicita sa seule divinité : *Maman, maman !* Au même moment, une petite main s'agrippa à la jupe de Samira. Elle émergea de ses songes, se retourna, concéda un sourire, puis offrit à Leïla le refuge de ses bras. Ce sourire, c'est le rideau que Samira tirait toujours entre sa fille et les monstres mange-méninges qui, pourtant, ne s'attaquent qu'aux adultes, dont ils gâchent le sommeil. D'ailleurs, ils disparurent, chassés par les câlins de Leïla. Encore une fois, la petite Leïla mit un terme au tête-à-tête de Samira avec la sorcière qui souffle le blues aux exilés. Le soleil avait balayé la brume, redéfini les esquisses de l'aube, sur un fond bleu parsemé de mousseline blanche ; la journée s'annonçait longue, mais Leïla occuperait Samira, la ferait courir, jouer derrière la ferme, lui donnerait le courage et la patience d'attendre des nouvelles du berger.

Combien de fois les enfants sauvent-ils leur mère du précipice ? Sans sa petite Leïla, Samira ne se serait pas contentée de regarder par la fenêtre, c'est à cela qu'elle pensait, chaque matin.

La marmite du pêcheur

Miaou ! Une calebasse incandescente plongeait doucement dans l'Atlantique et répandait une lumière orangée sur l'île de Niodior. Au wharf, un chien errant rongeait une tête de poisson sous le regard avide d'un chat décharné. Miaou ? Rien, le chien ne céda rien. Témoins, les vagues rouspétaient, frappaient le débarcadère, réitéraient ; hélas, leur loquacité ne bougerait pas un poil de la vie qui se joue hors des flots. Chacun cherche sa pitance sur le plancher des vaches, qui elles-mêmes ne cessent de rêver d'une herbe plus verte ailleurs. Ainsi en est-il depuis des siècles et pour encore des siècles. Miaou ? Imperturbables, les cocotiers gardaient leur posture de sentinelles, mais en écoutant attentivement le murmure de leur feuillage, on pouvait entendre : Encore un soleil qui s'en va se coucher, sans rassasier le chat ni répondre aux questions des enfants d'Ève ! Le chat aussi s'en alla, longeant lentement les palissades.

Bruit d'eau qui se déverse, coule et court on ne savait où. Ce n'était pourtant pas un tsunami menaçant le village. Dans une maison près du rivage, Faaly prenait sa douche, après une dure journée de pêche, où il avait prié chaque vague de l'épargner. La quarantaine athlétique, il était rentré avec une pathétique dégaine de vieillard, écrasé par la fatigue et la déception. Depuis des lunes, il rêvait d'une pirogue pleine de mérous, de capitaines ou de barracudas, mais n'avait rapporté, encore une fois, que du menu fretin et des tonnes de lassitude.

Lassitude ! Ces sombres soirs où le pêcheur se demandait à quoi servent les prières. Même les mouettes l'abandonnaient à son sort, ces ingrates ne daignant plus suivre le sillage de sa pirogue. Opportunistes, les oiseaux marins s'éloignent de la guigne à tire-d'aile, à l'instar de ces amis qui, naguère, venaient savourer les festins de grillades et les joyeuses séances de thé chez Faaly. Comme si le calice n'était jamais assez rempli, toujours, le Seigneur ajoute la solitude à l'infortune. Lassitude ! Le soleil sombrait dans l'Atlantique, le pêcheur se lavait. De temps en temps, le sommet de son crâne dépassait le muret du carré de béton qui lui servait de salle de bains, puis s'éclipsait à nouveau. Combien de litres d'eau décrassent du spleen ? Entre les palétuviers, si loin du Gange, le Saloum filait, charriait sa lassitude en quête de délivrance. Les bassines d'eau versées à chaque douche ne débarrassaient pas Faaly de l'amertume qui s'accumulait au fond de sa gorge. Tout en se savonnant, il ruminait, s'interrogeait : Telle une enjôleuse qui vous cajole et vous file sa vérole, la mer nourrit les hommes au prix de leur vie. Mais à quoi bon toutes ces journées dans la saumure pour rien ? Combien de temps pourrons-nous tenir ainsi ? Qu'adviendra-t-il de nous ?

Dans la cour, son épouse, Sata, s'activait devant la cuisine et se posait sûrement les mêmes questions. Il devenait difficile de remplir la gamelle de leurs enfants trois fois par jour, et Sata venait encore d'accoucher. Tous les deux avaient bien souhaité fonder une famille, mais tout de même ! La part d'eau qui déborde du vase n'étanche plus nulle soif. La nature les gâtait beaucoup trop, au goût de Madame. Et, vu leur âge, si rien ne venait freiner la cadence des baptêmes, ils finiraient avec une équipe de football et ses remplaçants. La sage-femme y était même allée de son bon conseil, tout en murmures. Planning ! Ce mot, sous ces latitudes où l'harmattan chasse la mousson, ça vous attire non seulement des regards courroucés, mais, aussi, les fervents sermons des théoventriloques. Pourtant, au lieu de se soumettre jusqu'au sacrifice de leur vie, les sermonnées pourraient rétorquer à ces inquisiteurs de quoi les battre à leur propre jeu. Car, peu importe la longueur de leurs coruscants chapelets, d'après toutes les religions, la sainteté ne sied pas aux hypocrites ! Agrandir le cercle des enfants d'Ève, c'est un effort louable, certes, mais cela ne suffit pas pour plaire au Seigneur, si la ribambelle vivote, inassouvie et pitoyable. Dans la famille d'Imran comme dans toute autre, le premier devoir du chef de famille est de veiller au bien-être des siens, c'est-à-dire assurer les conditions de leur quiétude et de leur dignité. Seul le maître de la balance jugera, mais il n'a jamais dit à ses mules de se briser l'échine sous la vanité.

En attendant le verdict divin, Sata, elle qui soupesait le grain des rations quotidiennes, n'avait pas besoin du cerveau de Malthus pour établir un lien entre la contraception et la question du pain. Devant sa marmite, l'évidence valait théorème. À force de multiplier les bouches, on en arrive à espérer le miracle du Christ à table, et, même lui, nul ne l'a jamais vu multipliant les calebasses de couscous sous les cocotiers du Saloum. À Niodior comme partout ailleurs, il est plus facile de vider un grenier que de le remplir ; cela, seules les souris l'ignorent.

Aucun des enfants du couple n'était en âge de contribuer à sa propre survie. En rang d'oignons, ils recevaient les repas comme les courges reçoivent la pluie au Sahel. Alimenter la machine qui allongeait leurs tibias, c'était devenu pire qu'une corvée, la pénitence de leurs parents ; et des deux, Sata n'était pas la moins éprouvée. Certes, Faaly luttait vaillamment, il n'attendait même pas le lever du jour pour aller sonder l'Océan, mais il échappait ainsi aux yeux impérieux qui harcelaient Sata quand elle jaugeait sa marmite. Et bien qu'elle affichât toujours la sérénité d'un masque sénoufo, les battements de son cœur s'entendaient jusqu'à Sikasso, son angoisse grandissant au même rythme que sa famille. *Maman*, cet ample vocable d'ordinaire si doux à l'oreille, c'est une tiare sur la tête de la fée du logis. Hélas pour Sata, ce mot ne désignait plus qu'une meule sur son dos. Pourtant, elle courait. Du matin au soir sur ses petits pieds, elle ne manquait pas de labeur. Tout en enchaînant les besognes, elle surveillait sa marmaille, arbitrait les chamailleries, câlinait les chagriné(e)s, cajolait son bébé, dont le sommeil diurne était souvent écourté par ses aîné(e)s. À l'heure où le soleil d'Afrique se fait irascible, même les ânes errants s'accordaient une sieste sous les cocotiers, pas Sata. Quand le sable de l'île irradiait à vous embraser les baobabs, elle courait, démêlait des pipeaux, sans jamais se montrer essoufflée. Quel treuil la tenait debout ? Osait-elle seulement fléchir ? De Niodior à Melbourne, aucune société ne reconnaît aux mères de famille le droit à la lassitude. Alors partout, elles se dévouent sans répit ; elles se reposeront au Paradis. Quand Faaly rentrait, surjouant son épuisement, Sata redoublait d'énergie, sa bienveillance comptait son mari au nombre de ses enfants réclamant douceur et soins. Les mauvais soirs, malgré son inquiétude, c'est son port de tête qui retenait le ciel de s'écrouler sur la maisonnée.

Ce soir-là encore, découvrant la prise du jour, elle se fit son habituelle réflexion, ponctuée du même vœu pieux : « Puisque ni ma santé ni mon confort ne peut le convaincre, sa pirogue vide est plus éloquente que toutes les plaidoiries pour le planning. Cette situation qui perdure lui fera peut-être changer d'avis. » Le crépuscule jeta sa toge noire sur les cocotiers, Sata différa sa réflexion. L'urgence, c'était son dîner. Ses enfants trépignaient et son mari, elle s'en doutait, n'était pas d'humeur à patienter.

Son bébé sur le dos, elle écailla une triste sole, une poignée de sardinelles et deux dorades grises. Elle n'avait besoin ni d'un livre ni d'une balance pour réussir sa recette : *sikat fi lib*, du couscous de mil au poisson, plat traditionnel en pays sérère niominka. Son mil pilé la veille, elle avait ravivé son feu de bois dès le déjeuner servi, gavé sa couscoussière en terre cuite, puis enchaîné les trois phases de cuisson. Il ne lui fallut qu'une heure, de l'eau, du sel de Djior, une pincée de feuilles de baobab moulues et quelques secrets reçus de sa mère pour transformer une farine brunâtre en *sikat*, un couscous de grain fin aux arômes délicats. Comme à l'accoutumée, elle cuisina plus qu'il n'en fallait, prévoyant d'éventuels visiteurs, malgré la conjoncture qui commandait le service économe. Il est vrai que sans la part des intrus, Sata se serait moins ruiné la carcasse au pilon et ses réserves qui fondaient comme beurre au soleil auraient tenu bien plus longtemps. Mais, douce et généreuse, Sata considérait les pique-assiettes comme des invités. Sans ce partage, que d'autres auraient jugé abusif, elle aurait perdu goût même à son couscous.

Au village, une vie vaut par le nombre d'humains qu'elle attire autour d'elle. D'une ménagère qui ne nourrit que son foyer, on dit qu'elle porte malheur à sa belle-famille, puisqu'elle élague l'entourage de son mari. Aussi, les femmes s'honorent-elles de cuisiner pour des régiments, la foule amassée sous l'arbre à palabres reflétant l'envergure du maître céans.

Ses immenses calebasses pleines à ras bord, attendant une bonne sauce, c'était la fierté de Sata au retour de son mari : la qualité du dîner ne dépendait plus que de la pêche du jour. Lorsque celle-ci était maigre, Sata redoublait d'efforts pour enchanter les papilles. Ce soir-là encore, elle réussit son tour de magie. Quand Faaly sortit de la douche, un agréable fumet taquinait les narines. Grâce aux légumes de son jardin, Sata avait mitonné une succulente marmite du pêcheur, rehaussée d'un savant mélange d'épices.

À la fin du repas, Faaly soupira d'aise et s'extasia :

— Hum, délicieux, ton *sikat* !

Surprise par le compliment de ce taiseux, Sata redressa la tête, remercia d'un sourire ; puis, désireuse de plus de complicité, elle tenta une conversation :

— Pour demain, je prévoyais un *thiéboudiène* au déjeuner, mais il n'y a pas assez de poisson, le dîner a tout pris. Que dirais-tu d'un poulet yassa ? J'ai encore des oignons au potager et quelques volailles au poulailler. Tu pourrais m'en tuer une, avant de partir en mer.

— Poulet mafé avant-hier ! Poulet yassa demain ! Combien de poulaillers faudra-t-il pour remplacer le poisson que nous n'attrapons plus ? Hein, combien ?

— Ne t'énerve pas, implora Sata, je trouverai une autre idée…

Vaine supplique, nul n'éteint un feu de brousse à la salive. Depuis le temps que la gazelle entendait craquer la savane sèche, comment n'avait-elle deviné qu'elle attendait l'étincelle ? Dans la chaleur du soir tropical, la foudre s'abattit. Faaly, ce capitaine qui n'arrivait plus à motiver ses matelots, laissa exploser la colère qu'il réprimait depuis des mois. Sur sa pirogue désespérément propre, il subissait la capricieuse humeur marine, les mâchoires serrées; mais l'Atlantique pouvait l'engloutir s'il se laissait aller, contrairement à Sata.

— Une idée ? J'en voudrais bien une, moi ! lança-t-il. Tout ce carburant que nous brûlons à perte ! Nous nous endettons à la station, rallongeons les trajets, pourtant chaque jour nos cales sont plus vides que la veille ! Quel équipage ne se découragerait pas ? Même les goélands ont besoin de quoi justifier leur élan !

— Espérons que la chance te sourira bientôt…

— La chance ! Ah, parce que tu mets ce qui nous arrive sur le compte du sort, toi ? Les bateaux occidentaux ratissent nos côtes, nous affament sans le moindre scrupule ! C'est la volonté divine, ça !? Nous sommes des insulaires : un lopin de terre pour les céréales, un bout de jardin pour les fruits et légumes, le reste nous le trouvions en mer ! Des siècles, nous avons ainsi vécu de notre sueur ! Aujourd'hui, plus de capitaines ou de mérous, encore moins d'espadons dans nos filets ! Le poisson de valeur se raréfie. Partout au Sénégal, le thiéboudiène coutumier devient un plat de luxe, même sur nos îles ! Soles, raies, requins, nous mangeons maintenant des espèces que nous dédaignions. Même les sardines que nos enfants grillaient en chantant sont vendues en boîtes dans les supermarchés européens ! Déboussolés, les poches vides, de vaillants pêcheurs restent à quai, quand ils ne vont pas grossir les foules de chômeurs en ville. Alors, crois-moi, il n'y a que les bœufs pour s'étonner que ces désespérés finissent par risquer leur vie dans l'émigration clandestine ! De quoi auraient-ils peur, hein, de quoi ? Tout leur paraît préférable au tourment qui les chasse de chez eux ! L'incapacité de subvenir aux besoins de sa famille, c'est notre hantise à tous. Et, crois-moi, pour qu'il en soit autrement, la solution ne sortira pas d'un poulailler…

Douce et patiente Sata ! Regardant ce lion enragé qui s'agitait, rugissait sans trêve, à quoi pensait-elle ? Le pire des machos a besoin des jupes de sa femme pour pleurer sur son sort. Et ce qui noircissait peu à peu la nuit n'épargnait pas les idées de Faaly. Douce et patiente Sata ! Triturant ses mains durcies au pilon et gercées par les trop fréquentes lessives, elle s'interrogeait. Faaly tonnait, sa voix résonnait, se brisait par moments, mais ses yeux restaient absolument secs. Est-ce par fierté que les hommes retiennent leurs larmes ou bien par peur de démentir leurs enfants ? Les enfants naissant avec la certitude d'avoir le père le plus fort du monde. Les vérités de l'innocence arrachent tellement de dents ! Tout comme maman, papa, c'est tenir pas à pas, et pas au cirque Zapata, mais sous le chapiteau du Seigneur, où nul n'a le loisir de se roder en répétitions. Sur la piste de la volonté, combien de pas rapprochent un papa du soleil, suffisamment pour sécher de ses yeux toute buée de blues ? À défaut d'une échelle pour le fier escaladeur éreinté, la compassion propose un large hamac où s'affaler.

Irrépressible, le besoin de se reposer. Ce besoin va de pair avec la quête d'un lieu propice à l'abandon. Et depuis la nuit des temps, celles qui portent et mettent le monde au monde se savent hôtesses d'accueil. Recueillant tous les chagrins, elles consolent les hommes de père en fils. Mieux qu'un antre, chaque épouse abrite un asile sous ses seins ; les jours de névralgie, son héros s'y réfugie avec l'enfant qui sanglote en lui. Les marins partagent ce secret de port en port : quand les vents mauvais culbutent les voiliers tels de vulgaires esquifs et jettent les rêves par-dessus bord, le cœur d'une femme reste le meilleur des radeaux de survie. La douce et patiente Sata en était la preuve. Insulaire, elle savait que dans le langage des pudiques marins, les viriles envolées de son époux réclamaient d'elle autre chose qu'une dispute. Alors, ses yeux en amande fendaient la nuit et déversaient toute la tendresse du monde sur Faaly. Elle aurait voulu aller vers lui, le prendre dans ses bras, lui caresser le dos, comme elle calmait ses enfants ; mais comment caresse-t-on un oursin ? Pusillanime à force de préserver la paix des siens, Sata écoutait sans broncher. Faaly s'interrompit, resta un instant pensif puis, claquant un moustique sur son bras, il s'exclama :

— Impensable ! Se retrouver, un beau matin, incapable d'assurer de quoi vivre à son foyer ? Alors là, vraiment, c'est impensable ! Un tel déshonneur, moi, je n'y survivrai pas.

— Faaly, s'il te plaît, souffla Sata, ne dis pas de telles choses. Regarde comme les enfants sont effrayés. Je t'en prie, calme-toi, nous aurons de meilleurs jours, rien n'est perdu, tant que l'on est en vie…

— En vie ? Mais quelle vie ? Un homme qui ne parvient plus à nourrir sa famille est un homme mort ! Mort, je te dis !

— Sois patient, tout le monde n'a pas la chance d'être riche…

— Sata, tu n'as rien compris ou tu fais exprès ? Je n'exige pas du Seigneur la vanité d'une fortune mirobolante ! Mais il ne s'agit pas non plus de rester en vie comme un stupide rônier, à se dessécher sans bouger ! Survivre ne suffit pas, il faut de quoi aimer vivre !

— Bien sûr, mais calme-toi, de meilleurs jours viendront.

Douce et patiente Sata ! Même rabrouée sans ménagement, elle resta égale à elle-même, essuyant la bave du lion. C'est que, pour une âme fidèle, les nuages passent et n'écornent pas l'image d'un prince. En attendant l'embellie, la brave Sata se souvenait du beau sourire de son homme et, malgré les décibels de la colère, elle restait sensible à sa voix, une voix chaude à faire frissonner les cocotiers. Douce et amoureuse Sata ! Son regard de velours parcourait le visage douloureux de Faaly, comme pour y détecter les griffures du sort qu'elle aurait voulu panser. À quelle inépuisable source puisait-elle tant d'amour ? Même l'océanique brise de Sangomar n'en soufflait rien.

Agglutinés autour de leur mère sur une natte, les enfants se tenaient plus silencieux que jamais, pendant que leurs grands yeux surpris interrogeaient la nuit, la suppliaient de ramener le sourire de leur père pour éclairer la mine de leur maman. Quel est le rythme cardiaque des enfants, les soirs où leurs parents confessent leur propre peur du noir ? Ces maudits soirs où les astres filent sans emporter les soucis de Sapiens, combien de temps dure l'orage ? Pour Sata et ses enfants ce fut assez long pour admettre, encore une fois, que la lune passait sa route en toute indifférence. Cette silencieuse voyageuse nocturne, que ne portait-elle la supplique des terrestres aux oreilles de son maître ?

Las de rouspéter, Faaly gagna sa chambre, sans souhaiter bonne nuit à personne. Il agissait toujours ainsi, les soirs moroses où le blues menaçait de rompre toutes les digues qu'érigeait son statut de père de famille. Papa en pleurs, qui consolerait les enfants et leur mère ? Épaules droites, Faaly tempêtait à faire tomber les noix de coco, puis bougonnait, soupirait, mais jamais il ne reniflait ni ne se mouchait devant les petits. Seuls la pénombre et le silence de la chambre à coucher lui rendaient son droit d'être enrhumé. Les oreillers savent qu'il manque parfois aux humains de quoi vivre, mais jamais de quoi renifler. Si le présent épouvantait Faaly au point de le chasser de sa cour, le passé l'attendait au lit avec ses piqûres de rappel.

Qui peut décrire ces soirs où l'humeur de chien ramène son vieil os à ronger ? D'ailleurs, pourquoi faut-il toujours que des fossiles viennent rappeler l'Océan qui coulait jadis dans le désert ? Les pieds dans le sable chaud, les humains se noient dans la froide mélancolie. Maudite nostalgie ! Se souhaitant réciproquement longévité, a-t-on vraiment idée de ce que l'on demande au Seigneur ? Pas moins que la tueuse nostalgie ! Que les souris mangent nos vingt ans, comme nos dents de lait, cela écourterait le rhume les soirs sans sommeil. Nostalgie ? C'est une vague scélérate ; elle vous happe et vous entraîne dans les abysses de la mélancolie. Et la mélancolie, ce n'est pas qu'un sec puits sahélien où l'espoir se fracasse. Ce n'est pas non plus un mets indélicat, dont on guérit de la colique en trois jours. La mélancolie ? C'est le tenace et lugubre murmure d'une sorcière, diligente messagère de la faucheuse. Cette traîtresse étant toujours en embuscade. Mais où se réfugier, quand les songes se font mortels et vous harcèlent partout ?

Allongé dans son lit, Faaly arpentait sa mémoire. Creusant, dépoussiérant chaque idée, il n'avait pas besoin d'une pioche d'archéologue pour attraper le rhume. Surgissant de partout, ses souvenirs le poussaient dans la nasse du blues.

Lorsque, très jeune, il déserta l'école, personne n'en fit un drame. À l'époque, la pêche, c'était l'alpha et l'oméga des Niodiorois. « Viens avec nous, au lieu de traîner au village, lui avait dit son grand-père. Tes camarades seront peut-être fonctionnaires mais, tu verras, avec une barque, un filet et un peu de courage, un homme ne manque de rien par chez nous ! » Comme son père abondait dans le même sens, Faaly rangea ses cahiers aux oubliettes et se retrouva mousse. Passées ses frayeurs de novice, il se passionna pour le ballet des vagues et le bleu infini de l'horizon. Une pirogue proue à l'air déjouant les mauvais tours de l'Atlantique, ce spectacle devint à ses yeux le plus excitant des jeux virils ; alors qu'il voguait parmi les hommes, mais n'en était même pas encore un. Il avait grandi, confondant son métier avec le plaisir de découvrir les contours et détours du bolong. C'est qu'au Saloum, Sangomar, le djinn de la mer, vous charme ; insidieusement, il vous enivre de ses embruns et vous endort par la douceur de ses brises. Au réveil, Faaly avait un peu moins d'un demi-siècle ; ses rêves stagnaient entre les haies de palétuviers.

Les tempes grisonnantes, il se souvenait des pêches miraculeuses de sa jeunesse, sous le capitanat de ses aînés. Selon la zone et l'espèce ciblées, ils ramaient ou déployaient la voile. Par gros temps, un petit moteur suffisait ; quelques heures aux abords de l'île, et la barque était pleine. L'abondance, l'insouciance, longtemps Faaly n'avait connu que cela. Hélas, avant, c'était bien avant ! Tout à sa fougue, la jeunesse n'imagine jamais la spatule du diable effaçant les plans sur la comète. Mais à quoi bon les regrets ? Quand le sable du rivage aspire les dernières gouttes de ses promesses, renifler ne les ramène pas. Tout comme les saisons, les vagues poursuivent leur course. Elles portent les pirogues, mais se moquent de leur destination. Et malgré leur incessant murmure, elles ne confessent jamais avoir menti aux hommes. Laissant les amers retardataires sur la berge, elles convoient leurs sirènes ailleurs. Qui rate la marée, s'en prenne à son sommeil !

Allongé sur le dos, les mains croisées sur la poitrine, les yeux rivés au plafond, Faaly s'enfonçait dans la nostalgie. Soudain, son rictus contredit un interlocuteur imaginaire, son défunt grand-père :

— Une barque, un filet, un peu de courage… Tu parles ! Vieux loup de mer, tu n'en croirais pas tes oreilles si tu revenais ! Actuellement, malgré de puissantes machines et des journées entières à braver l'ogre marin, la pêche artisanale ne garantit plus de quoi vivre dignement. Et le sort s'acharne : le climat se détraque. Avec la sécheresse et les invasions acridiennes, les champs ne donnent plus assez de mil. La salinisation sème la désolation dans nos rizières. Nos greniers se vident, les épiceries débordent : riz thaïlandais, blé français, maïs argentin, lentilles canadiennes, huiles brésiliennes, oignons hollandais, conserves de tomates italiennes, moutarde allemande, lait en poudre irlandais, sucre luxembourgeois, chocolats belges, sodas américains… Bientôt, plus de couscous de mil ni de marmite du pêcheur ! Vêtues de synthétiques tissus chinois, parce que privées de la qualité de notre coton, nos femmes mixent dans le même plat des marchandises des cinq continents.

Encore faut-il pouvoir se les payer ! Seuls les Suisses font des plus-values avec l'or de Sabodala qu'ils nous achètent au tarif du gruyère fribourgeois ! Et qui sait où brillent les diamants du Congo ? Nos femmes n'en portent pas !

» Est-ce donc cela, la mondialisation ? Gorgée de richesses, la terre africaine fourmille de pauvres ! Comment peut-on servir de réserve aux autres et avoir la gamelle de ses enfants vide ? Quelle logique à cet engrenage mortel, si ce n'est la prédation ? Carton rouge ! Le sang des migrants en a peint un aux dimensions de la Méditerranée. Carton rouge aux requins ! Des requins, il y en a plus hors de l'eau. À quoi servent l'ONU et l'OMC ? Utiles, elles auraient réduit le fardeau de l'OIM en fétu de paille. Arbitres du match du monde, se disent-elles ! Mais quels iniques arbitres, qui laissent les loups dévorer à loisir les agneaux du Seigneur ? Puisqu'il faut justice, même à l'égard des injustes : avant d'accuser les rusés renards extérieurs qui se partagent le fromage africain, blâmons d'abord leurs malléables complices locaux, ces leaders low cost, sans éthique autre que leur rapacité ! Oui, sadiques sont ces faux bergers qui privent les enfants d'Afrique du lait de leur mère ! Carton rouge à tout dirigeant africain correspondant à ce vil profil ! Quant aux autres, même s'ils se dévouent en toute sincérité, non seulement leur silence les déshonore, mais leur résignation est le premier capital que fructifient les voyous du capitalisme baroudeur. Carton rouge aux cyniques, comme aux soumis ! qui préfèrent l'illusoire paix de leur sieste au combat pour l'égale dignité des humains. Impossible d'avoir de l'électricité dans les villages africains, alors que l'uranium du Niger fait tourner les centrales nucléaires occidentales à plein régime ! Qui trouve cela juste tient sa morale des amibes. Impossible de remédier aux coupures d'eau en Afrique, mais des firmes s'approprient l'eau de nos sources, la mettent en bouteilles pour ensuite nous la vendre. Nos os payeront ! Vu l'espérance de vie en Afrique, nos vies servent d'engrais au monde des pillards. Qu'adviendra-t-il de mes gamins ? Pendant combien de temps encore les cadavres des enfants spoliés d'Afrique serviront-ils de festin aux requins ?

À quelle embouchure le cœur de Faaly déversait-il son torrent d'amertume dans l'Atlantique ? Le blues tenace, il regrettait de ne pas disposer d'une paie de fonctionnaire ou d'ouvrier, comme certains de ses anciens camarades de classe, qu'il jugeait pourtant otages de la ville et de l'ultra-moderne servage. Cet homme épris de liberté, qui se saoulait à l'air marin et tirait sa fierté de son gouvernail, en venait à souhaiter une vie de bureaucrate pour ses enfants.

Bordés par leur mère, les petits s'étaient endormis sans se douter que leur futur blanchissait les nuits de leur père. Comme les chats, les enfants savourent le poisson mais jouissent de leur paisible sommeil, quand la tempête agite la nuit du pêcheur. « Papa garde la barre ! Et maman a chassé toutes les méchantes sorcières ! » lisait-on sur leurs paupières closes. Cette confiance absolue faite aux parents, c'est à la fois leur médaille d'honneur et leur lourde croix. Chaque jour,

Sata traînait la sienne jusqu'au refroidissement du sable de l'île.

Tchoukour-kouroum ! Le hibou chantait vingt-trois heures, lorsque, enfin douchée, elle rejoignit son mari. Elle déposa une petite jarre de terre cuite où rougeoyaient quelques braises, y jeta une pincée de *thiouraye*, un encens de sa composition, et, s'approchant du lit avec un pot de karité, elle proposa d'une voix douce :

— Un petit massage ?

— Hum.

Chez les fiers, le besoin de consolation est un mendiant aphone. D'ailleurs, à quoi auraient servi des mots ? Ils auraient tous été approximatifs. Ces soirs moroses, où la séduction cède la place à la douleur de l'introspection, jamais nul ne sait dire exactement où il a mal. Le silence s'entend, plus expressif que toute tirade, il déclare : lassitude !

Lassitude ! Dans les bras de l'Atlantique, la brise soulage tant, mais pas de tout. Au delta du Saloum, le soir venant, les femmes ne massent pas que des courbatures, parfois c'est l'âme des hommes qui a besoin d'onguent. Les paumes généreusement huilées, les mains compatissantes, elles massent les flancs brûlants. Déjà qu'elles cuisinent leurs vaches maigres au feu de bois, amadouer un volcan ne les effraie pas. Alors, quand le Nyiragongo gronde, elles y promènent les doigts, espérant débusquer une source de douceur sous la pierre chaude. Jah Rastafari ! inscrivent leurs nattes à la face de toute canicule. Elles savent qu'au pays du Négus Negest Haïlé Sélassié, là-bas, dans la vallée du Grand Rift, l'Erta Ale n'est qu'une couronne déposée par le Seigneur à l'intention de Lucy. Et telle mère, telles filles ! En dépit de leurs fines attaches, elles sont nées fortes et portent la détresse de tous ceux qui disent *Maman* sur les épaules. Mais ne tendez pas l'oreille, elles ne gémiront pas. Et ne leur parlez surtout pas de migraine ! Mères-menhirs, elles n'avouent pas la leur. Seul le soleil sait la température sous la coiffe des femmes du Sahel ! Aussi élégantes que discrètes, elles bravent les jours de marasme sans maudire la vie. Toujours debout, le regard surplombant les baobabs ! C'est que leur courage mérite le firmament. Qui manque de guerrières m'en demande, j'en connais des milliers en pays sérère ! Si vous en doutez, écoutez donc les djoundjoungs, ils imitent les battements de leur cœur ardent au labeur. Champs de mil, rizières ou vasières, quand leurs petites mains ne débusquent pas les fruits de mer entre les haies de palétuviers, elles sèment ou récoltent le grain. Sans relâche, elles arrachent à la terre de quoi nourrir la vie qu'elles donnent. Éreintées à force d'abreuver les jours de leur sueur, elles redoublent d'efforts chaque matin et s'épongent encore le front, sans rien reprocher au ciel. Endurantes jusqu'au sacrifice, elles vous offrent le sourire par tous les temps. Pourtant quel tournis, ces soirs sans entrain où seule la braise dans la jarre de terre cuite garde de l'ardeur. Lassitude ! Ces longs soirs où le devoir conjugal remplace l'Amour dans le lit des femmes. Ces braves femmes qui charment les dragons afin d'éviter des cauchemars à leurs enfants, à quoi rêvent-elles en veillant sur le sommeil des autres ? La femme du pêcheur n'en disait rien.

Encore un peu de karité ! Sata enduisait, massait un corps qui, dirait-on, mimait les troncs de cocotiers envasés au débarcadère. N'eût été le gémissement qui lui échappait de temps en temps, on aurait juré Faaly attendant le croque-mort. Patience d'amante ou de mère ? Nul ne sait. Toujours est-il que Sata s'appliquait avec un mental d'infirmière. Elle changeait de position, reprenait du karité, oignait, tapotait, frictionnait de plus belle. Sans ses mouvements et la chaleur de leur souffle, le silence se serait figé autour d'eux telle une cire froide. À quoi pensait cette dévouée épouse en massant cet homme inerte et ne gémissant que de douleur ? Lassitude ! Ces nuits où la femme du pêcheur s'épuisait pour un athlète qui ne désirait qu'une chose : du poisson plein la cale ! Toute lectrice de Simone de Beauvoir se serait vexée à moins. Pas Sata, qui s'endormait, soulagée, mais pas seulement par la brise qui entrait par la fenêtre. Vu le poids de son sex-appeal sur le modeste budget de son foyer, elle savait combien le blues abstinent de son étalon portait d'espoir. Assaisonner la marmite du pêcheur de bromure, elle n'y songeait pas encore, mais tout de même ! À défaut de multiplier le poisson, comme le Christ son pain, n'est-il pas plus raisonnable d'inviter moins de chats à la table du Seigneur ?

Miaou ? Non, dodo. Miaou ? Non, mais ce n'est pas vrai, ça ! Allez, ouste !

Le vieil homme sur la barque

Un titre sur la jaquette d'un livre, soudain, un visage se dessine et nous entraîne dans son sillage. La mémoire est un faucon qui nous emporte dans ses serres, survoler des contrées lointaines. Rien de ce qui a été n'est perdu, tant qu'il y aura des livres pour consigner la vie. Réminiscence ou anamnèse ? Peu importe, parfois on se souvient comme on s'abandonne à la caresse d'une douce bise. Je me souviens !

J'avais six ans et, sur le chemin des champs de mil, je m'agrippais à sa main rugueuse comme on s'accroche à une rampe de fer forgé. J'avais six ans et je n'enviais aucune princesse de conte de fées, puisqu'il avait fait de son cœur mon trône et me racontait en permanence la fabuleuse histoire des Guelwaar. J'avais six ans, j'ignorais qu'il pouvait avoir des tourments, puisqu'il était l'hercule qui me soulevait d'une main et trouvait une solution à tout ce qui me semblait impossible. À ses côtés, le monde pouvait s'écrouler, j'aurais pris cela pour les secousses d'un délectable jeu de trampoline. D'un naturel placide, ses yeux posaient sur moi une ouate de sérénité qui apaisait toutes mes craintes. *Une Guelwaar ne doit jamais avoir peur*, me disait-il, taquin.

Et pour lui plaire, je lui soutenais que je n'aurais même pas eu peur devant un lion, alors que je l'appelais au secours à la simple vue d'une souris. Il dédramatisait tout. Et lorsqu'un élément extérieur venait perturber le bain de quiétude dans lequel il s'efforçait de maintenir les siens, il disait toujours, en quelques octaves mesurées : *C'est la vie*. J'avais six ans et deux grosses nattes qui dessinaient sur ma tête une allée où couraient le beurre de karité et les points d'interrogation. Alors, un jour, je lui ai rétorqué, espiègle, sans rien comprendre de mes propres mots : *C'est la vie, c'est la vie, mais c'est quoi la vie ?* Il avait ri aux larmes. Puis, me passant la main sur la tête, il m'avait murmuré, comme une confidence : *La vie, c'est apprendre à avoir le pied marin.* J'avais six ans, j'allais à la pêche avec mon grand-père, je n'avais pas le mal de mer, si bien que j'ai pensé avoir tout compris à ses mots. Il n'en était rien.

Pendant longtemps, je n'ai vu dans le métier de pêcheur de mon grand-père que nos balades en mer et nos délicieuses discussions où les légendes résumaient merveilleusement le monde. Pendant longtemps, j'ai ignoré sa peine, aveuglée par son sourire éclatant, assourdie par sa voix rassurante, qui se mêlait au bruissement des vagues pour bercer mon cœur d'enfant. Et même si je devinais l'âpreté du quotidien, le rideau de douceur qu'il s'évertuait à tenir entre moi et la réalité bornait mon regard. Pendant longtemps, la vie fut aussi douce qu'une brise marine et ma perception aussi floue qu'un ciel d'hivernage. Pourtant, tapie en moi, une fille qui ne croyait déjà plus aux contes se tenait en embuscade et s'interrogeait.

Puis, les années passèrent. J'avais noirci quelques cahiers, obtenu quelques diplômes, marché sur les sentiers du français jusqu'au lycée Demba Diop de M'bour. Petit à petit, la lecture avait pris tout le temps que, jadis, je passais dans la barque de mon grand-père. Le monde s'ouvrait maintenant à moi comme les pages d'un livre. Je passais d'une œuvre à l'autre comme on sillonne une ville, à la recherche des siens. Au hasard des découvertes ou sur le conseil de mes professeurs, j'accumulais les livres comme on multiplie des amitiés. Au sortir des cours, les jours sans classe et chaque fois que mes petits boulots m'en laissaient le loisir, j'allais, pleine d'affection, retrouver tous ces personnages qui m'invitaient à les suivre à travers le monde. Et dans ma petite chambre de lycéenne, perdue dans une banlieue sableuse de M'bour, loin de Niodior, mon île natale, je n'étais plus seule, puisque j'avais réuni les miens. Et, quand la bougie s'éteignait, je m'endormais, entourée de livres-phares, plantés dans l'Océan de la vie pour éclairer les mille facettes de la condition humaine. Parmi ces phares, *Le Vieil Homme et la Mer*, d'Ernest Hemingway. Mais comment gravit-on un arbre qui surplombe la canopée ?

Altitude ! J'ignore tout de l'alpinisme, mais j'imagine des rainures aux flancs des montagnes, destinées à loger nos doigts tremblants. Altitude ! Soudain, un texte vous porte et vous hisse au sommet de la nature humaine. Altitude ! Le Kilimandjaro est si minuscule devant nos monts intérieurs. Altitude ! Et l'âme s'élance, pourvu que le souffle tienne la distance. Altitude ! Défiant tous nos canyons, on s'accroche à s'en rompre les phalanges. Et la montée dure toute une vie. Ho hisse !

Lire, c'est oser le vertige. On peut lire, comme on s'incline, révérencieux, ébloui par la fulgurance d'un bel esprit. Aveuglement ! Qui ne me guide pas me perd ! Or, je veux seulement trouver mon chemin. Qu'on nous laisse donc un œil ouvert !

Errance ! On peut lire comme on explore : je n'ai jamais été à Minas Gerais et je n'ai pas un oncle Jaguar mais Diadorim ! João Guimarães Rosa a fait de moi un gaucho, accroché à la laisse des mots, sillonnant le sertão, depuis mon canapé. Mais que serait mon élan, sans mon antan ? *Memoria !* Le mât qui tient la voile a toujours besoin d'un socle solide. On peut donc lire comme on se souvient, car derrière chaque livre on lit d'autres livres, parfois jamais écrits, mais tapis au fond de nous. Jour de lecture, jour de rencontre, jour de réveil. Qu'on nous frotte les yeux ! Parfois, démiurge, un auteur lève un rideau et vous dévoile tout ce que vous ignoriez en croyant connaître un être cher. C'est Hemingway qui m'a tout appris du courage, de la volonté, de l'abnégation, de la dignité, de la condition de mon grand-père, pêcheur niodiorois.

Alors, quand on me parle de l'identité d'un écrivain, je réponds : foutaise ! Lire un auteur par et pour ses origines n'est que pure hérésie littéraire. La fragilité de l'humain, les questions existentielles et la vision du monde que les bons auteurs savent nous transmettre rendent toutes les frontières poreuses. Tentaculaire, la généalogie littéraire surplombe toutes les barrières. Nous sommes dispersés sur le globe, mais la littérature nous tisse des liens. Gens de même lecture, gens de même questionnement, gens de même sensibilité au monde, gens de même révolte, gens de même quête. Par le livre, on se trouve des dénominateurs communs et on se reconnaît, au-delà des petits tiroirs identitaires. Jésus reconnaîtra peut-être les siens à leur bibliothèque ! La carte d'identité et le taux de mélanine d'Hemingway, je m'en fiche ! Il est devenu un des miens, parce qu'il m'a raconté l'héroïsme quotidien de mon grand-père pêcheur, mieux que ceux qui mangeaient son poisson. Qu'on soit Hemingway ou pas, en jetant son filet dans les mots, c'est toujours un peu de l'humain qu'on essaie d'attraper. *Le Vieil Homme et la Mer*, plus qu'une lecture, des retrouvailles ! Soudain, dans le dédale de la mémoire, un puzzle se recompose, un visage se dessine à chaque page. Il était là, il est là, il sera toujours là, mon vieil homme sur sa barque, puisque, toujours, je me souviendrai.

De taille moyenne, mon grand-père est le premier de mes grands hommes. J'en ai admiré beaucoup, pour différentes raisons. Mais aucun de ceux-là n'a essuyé mes larmes, comme lui. Aucun n'a chassé mes cauchemars, comme lui. Aucun ne m'a taillé une pagaie et appris à ramer, comme lui. Aucun ne m'a emmenée à la pêche, comme lui. Aucun ne m'a appelée *mon garçon*, comme lui. De tous mes grands hommes, seul mon grand-père était assez grand pour voir et me raconter ce qu'il y avait là-haut, derrière le ciel, quand, petite curieuse, je lui demandais :

— Dis, qu'y a-t-il là-haut, derrière le ciel ?

— Te souviens-tu de ton rêve ?

— Lequel ? disais-je, dubitative.

— Celui que tu m'as raconté l'autre jour.

Alors, je lui racontais quelque chose.

— Mais non, ce n'est pas celui-là, c'était plus beau.

Je racontais autre chose.

— Mais non, c'était encore plus beau !

Et il me jouait le même tour, jusqu'à ce que je finisse par lui raconter quelque chose de très joyeux. Alors, il prenait son air le plus sérieux et me disait :

— Eh bien, voilà ! C'est ça qu'il y a derrière le ciel ! Tous tes beaux rêves existent, ils attendent là-bas, disait-il en levant le doigt au ciel. Si tu t'en souviens tout le temps, ils se réaliseront pour de vrai. Mais surtout ne les oublie pas, sinon tu ne grandiras pas. Parce qu'on ne grandit plus quand on a oublié ses rêves.

— Et toi, tu te souviens de tous tes rêves ? lui demandais-je.

— Non, seulement des plus beaux.

— Allez, raconte-moi, raconte-moi, s'il te plaît !

— Eh bien, quand j'étais petit, dans la barque de mon père, je rêvais d'être moi aussi un grand pêcheur.

— Et tu n'as jamais oublié ?

— Jamais. Regarde, aujourd'hui, j'ai ma pirogue.

— Et tu rêvais de quoi d'autre ?

— D'emmener mon petit-fils à la pêche.

— Et alors ?

— Alors, te voilà, ma petite-fille casse-pieds, tu es mon garçon.

Nous riions de bon cœur. Au village, beaucoup s'étonnaient de le voir m'emmener à la pêche. *Ce n'est pas une occupation pour une fille*, lui disait-on. *Pourquoi une fille n'irait-elle pas à la pêche, alors qu'une fille mange du poisson ?* rétorquait-il. Malgré la pondération de son ton, mon bosco boxait avec les mots. Je ne connaissais pas encore le mot *féminisme* ; qui ne faisait d'ailleurs pas partie de son vocabulaire, mais j'étais ravie de le voir tenir tête et me garder comme matelot. Même pour le carrosse de Cendrillon, je n'aurais pas renoncé aux conciliabules que nous tenions en mer.

Pendant qu'il hissait le filet hors de l'eau, il me demandait de tenir le gouvernail. Ma stabilité restait approximative, l'ancre jetée ne touchait pas le fond et nous dérivions lentement, mais le simple fait de maintenir un semblant de cap me remplissait de joie. *Bravo capitaine !* disait-il, et les rayons du soleil s'engouffraient dans ma bouche. La fierté, c'est un regard bienveillant qui vous redresse les épaules. Refusant d'entendre la moindre ironie dans les félicitations de mon grand-père, j'oubliais le vent et le froid, pleine d'entrain. Il me faisait croire que ma contribution était essentielle, quand lui s'esquintait.

Fermement campé sur ses pieds, il penchait son corps d'athlète et empoignait le filet de ses mains gercées. Ho hisse ! Parfois, il s'arc-boutait, pivotait, se déplaçait et ses pas lourds mouillaient le bois de la pirogue. Ho hisse ! Assise à la poupe, j'étais aux premières loges d'un spectacle qui durait depuis des siècles. Mais lui, le combat qu'il livrait me touchait plus que tous ceux qui avaient eu lieu auparavant dans ce même décor. Lui, c'était notre joie, nos nuits tranquilles, notre pain quotidien qu'il tirait ainsi des flots. Ho hisse ! Mon acteur, mon danseur, mon lutteur, mon champion, c'était lui. Je l'observais. Intensément, je le scrutais. Ho hisse ! Dans cette danse rythmée par le clapotis des vagues, les muscles de son dos se pliaient, se dépliaient, ses bras allaient et revenaient, sans relâche. Ho hisse ! Son souffle alternait avec le crissement des cordes sur le rebord de la pirogue. Lorsque la prise était bonne, le poids du filet menaçait de rompre les deux câbles tendus qui reliaient son cou à ses épaules. Ho hisse ! Par moments, il se redressait, posait un genou sur le filet pour éviter qu'il ne se dévide, puis, une main au bas du dos, il s'étirait, respirait profondément et reprenait sa besogne. Ho hisse ! Seigneur, quelle force faut-il à l'humain pour porter son destin ? L'homme sur la barque, lui, se dépensait sans compter. Chaque jour réclamait de lui autant que le précédent. Et lorsque je lui demandais *Tu as mal ?*, il se retournait, me souriait et répondait invariablement : *C'est la vie.* Il ne se plaignait jamais. Et parce que j'ignorais encore qu'on pouvait applaudir une telle scène, je lui parlais, pour simplement lui manifester mon bonheur d'être présente à ses côtés. Alors, je prétextais une question à laquelle il avait déjà mille fois répondu :

— Et sous l'eau, qu'est-ce qu'il y a sous l'eau ?

— Les cauchemars : quand tu fais un cauchemar, le matin tu le racontes à un coquillage, à la fin, tu craches dans le coquillage et tu le jettes dans la mer, ainsi, le cauchemar ne revient plus jamais hanter ton sommeil. Mais il y a aussi de bonnes choses sous l'eau. Regarde, disait-il, en montrant la prise qui frétillait dans la cale, tous ces poissons que Sangomar, le dieu de la mer, nous donne pour nous nourrir. Et n'oublie pas, il y a aussi tes amis les dauphins. Hein, tu les aimes bien, toi, les dauphins ?

J'avais développé une passion pour les dauphins et je priais toujours pour qu'ils passent avant la fin de notre pêche. Il nous arrivait de les voir, mais cela ne servait à rien de les attendre. C'étaient eux qui décidaient où et quand ils nous feraient cadeau de leur visite imprévisible. Pourtant, je ne pouvais m'empêcher de les guetter, depuis que mon grand-père m'avait raconté une légende selon laquelle ces mammifères étaient de généreux protecteurs, recueillant et élevant les petits dauphins perdus ou orphelins et sauvant les pêcheurs naufragés, en les guidant jusqu'au rivage. Cette légende, je ne m'en lassais pas. *Raconte-moi l'histoire des dauphins !* criais-je. *Mais tu la connais bien maintenant*, disait-il, avant de s'exécuter, amusé et attendri par mon insistance. Et, à chaque fois, son récit était encore plus beau. Ses mots, ses légendes, je ne savais jamais s'il les inventait ou s'il les avait un jour entendus, mais ils nous réchauffaient ; ils étaient notre feu de joie et il les alimentait à volonté. Il fallait que l'imagination soit lumineuse pour estomper les ombres du quotidien. Mon grand-père peignait avec les mots, comme si le bleu de l'Océan qui inondait le ciel réclamait d'autres couleurs. Dans sa barque, quelques phrases lui suffisaient pour nous propulser loin de la zone de pêche où son corps s'abîmait. J'avais de la peine pour lui, mais lorsqu'il s'en rendait compte, il avait mille astuces pour chasser toute tristesse de mon regard. *Dans les contes, les méchantes sorcières ne sourient pas, je suis sûr que c'est pareil dans la vie*, plaisantait-il, et je lui montrais toutes mes dents. Je n'avais aucune envie de m'envoler sur un balai, en le laissant seul sur sa barque. C'était la vie, c'était la nôtre.

Nous habitions une île, vivions de la mer. Sobriété d'une vie de campagne, les journées passaient, lentes, dédoublées, aussi semblables que des jumelles habillées de la même cotonnade rêche. La luxuriance, c'était la poudre d'or rouge qui maquille les crépuscules. Marée haute, marée basse ! Même quand les humeurs fluctuaient, on n'en faisait qu'une affaire de lune. On préférait l'analyse des courants marins à celle des états d'âme. Mais le silence, ce n'était pas l'austérité, il avait la douce onctuosité d'une retenue compréhensive.

Dans leur quotidien, les humbles ont cette élégance des âmes polies au labeur, qui ne demandent au Seigneur que la force de rester debout. Les insulaires sont taiseux, ceux de Niodior ne font pas exception. Petite, je me demandais pourquoi. Maintenant, je me dis qu'ils se taisent, parce que les mots ne font pas pousser le mil. Ils se taisent, parce que les mots n'appâtent pas les espadons. Ils se taisent, parce que chacun vit ce que l'autre aurait pu lui raconter. Ils se taisent, parce que la vérité tient dans un regard. Dans ce coin du monde, seule la mer est arrogante. Et les vagues, bavardes, jettent leurs dithyrambes sur la grève pour distraire les humains de leur condition. L'île de Niodior flotte sur l'Atlantique comme un sein échappé du corsage d'une belle. Mais sa beauté n'étourdit personne. Tenaces, les pêcheurs diluent toujours la mer de leur sueur. Désireux de radoucir leur existence, ces braves alchimistes ne peuvent qu'ajouter du sel au sel. C'est la vie !

Aujourd'hui, j'ai troqué ma pagaie contre une plume mais ma barque tangue, toujours attirée par l'horizon. Quand mon cœur, nostalgique, réclame les embruns de l'enfance, je me dirige vers ma bibliothèque et, les yeux fermés, je trouve mon talisman : *Le Vieil Homme et la Mer*. Soudain, j'entends la voix de mon grand-père : *Vivre, c'est apprendre à avoir le pied marin*.

Je n'ai toujours pas le pied marin mais la navigation continue et, quelle que soit la houle, je sais que mon grand-père ne me quittera jamais. Hemingway non plus.

Table

À la prochaine escale, heure de hibou !
— Cap ?
— Atlantique Sud, sillage mauve.

DE LA MÊME AUTRICE :

Romans

LE VENTRE DE L'ATLANTIQUE, éditions Anne Carrière, Paris, 2003.

KÉTALA, éditions Flammarion, Paris, 2006.

INASSOUVIES, NOS VIES, éditions Flammarion, Paris, 2008.

CELLES QUI ATTENDENT, éditions Flammarion, Paris, 2010.

IMPOSSIBLE DE GRANDIR, éditions Flammarion, Paris, 2013.

LES VEILLEURS DE SANGOMAR, éditions Albin Michel, 2019.

Nouvelles

LA PRÉFÉRENCE NATIONALE (recueil de nouvelles), éditions Présence africaine, Paris, 2001.

LE VIEIL HOMME SUR LA BARQUE, collection « Livre d'heures », Naïve éditions, Paris, 2010.

Poésie

MAUVE (dessins et photographies de Titouan Lamazou), Arthaud / Flammarion, Paris, 2010.

Essais

MARIANNE PORTE PLAINTE !, collection « Café Voltaire », Flammarion, Paris, 2017.

LE VERBE LIBRE OU LE SILENCE, éditions Albin Michel, 2023.

Le Livre de Poche s'engage pour l'environnement en réduisant l'empreinte carbone de ses livres. Celle de cet exemplaire est de :
250 g éq. CO_2
Rendez-vous sur www.livredepoche-durable.fr

Composition réalisée par Lumina Datamatics, Inc.

Achevé d'imprimer en France par
CPI BUSSIÈRE (18200 Saint-Amand-Montrond)
en février 2026
N° d'impression : 2088723
Dépôt légal 1re publication : octobre 2023
Édition 02 - février 2026
LIBRAIRIE GÉNÉRALE FRANÇAISE
21, rue du Montparnasse – 75298 Paris Cedex 06
marketing@livredepoche.com

65/8247/0